Gilbert Adair 1944' [illegible] ok sayıda romanı vard [illegible] ro-manının İngilizceye [illegible] The Scott Moncrieff Ödülü'nü alan Adair'in yapıtlarından bazıları şunlardır: *Alice through the Needle's Eye* (1984), *Peter Pan and The Only Children* (1987), *The Holy Innocents* (1988), *Love and Death on Long Island* (1990), *The Rape of the Cock* (1991), *The Death of the Author* (1992), *The Key to the Tower* (1997), *A Closed Book (Kapalı Kitap)* (1999), *The Real Tadzio* (2001)

Aslı Biçen 1970'te Bursa'da doğdu. Boğaziçi Üniversitesi, İngiliz Filolojisi Bölümü'nü bitirdi. Julio Cortazar'dan *62 Maket Seti*'ni, Djuna Barnes'tan *Geceyi Anlat Bana*'yı, Carlos Fuentes'ten *Doğmamış Kristof*'u, Salman Rushdie'den *Geceyarısı Çocukları*'nı, John Fowles'tan *Fransız Teğmen'in Kadını*'nı dilimize çevirdi. William Faulkner'dan *Abşalom, Abşalom!* ve Charles Dickens'tan *Kasvetli Ev* 2001'de, Louis Breger'den çevirdiği *Freud: Görüntünün Ortasındaki Karanlık* ve Isaac Bashevis Singer'ın *Toplu Öyküler*'i 2002'de Yapı Kredi Yayınları tarafından yayımlandı.

GILBERT ADAIR

Kapalı Kitap

ROMAN

ÇEVİREN:
ASLI BİÇEN

YKY
İSTANBUL

Yapı Kredi Yayınları - 1799
Edebiyat - 491

Kapalı Kitap / Gilbert Adair
Özgün Adı: A Closed Book
Çeviren: Aslı Biçen

Kitap Editörü: Onca Tapınç
Düzelti: İncilay Yılmazyurt

Kapak Tasarımı: Nahide Dikel
Baskı: Şefik Matbaası

Çeviriye Temel Alınan Baskı: Faber and Faber, 1999
1. Baskı: İstanbul, Şubat 2003
ISBN 975-08-0552-6

Yapı Kredi Kültür Sanat Yayıncılık Ticaret ve Sanayi A.Ş.
Yapı Kredi Kültür Merkezi
İstiklal Caddesi No. 285 Beyoğlu 34433 İstanbul
Telefon: (0 212) 252 47 00 (pbx) Faks: (0 212) 293 07 23
Bilgi Hattı: (0 212) 473 0 444
http://www.yapikrediyayinlari.com
e-posta: ykkultur@ykykultur.com.tr
İnternet satış adresi: http://www.estore.com.tr/bulvar/yky
www. teleweb.com.tr

KAPALI KİTAP

Thomas, Adrian ve Urs için

Bir hikâye olabilecek en kötü mecraya girdiğinde
bittiğine hükmedilir.
FRIEDRICH DÜRRENMATT

Perde yine pencerede çırpınıyor. Kim ne derse desin, burası kesin cereyan yapıyor. Kalkıp buna bir son verebilirim belki. Ama yok, çok saçma olur, ne yapabilirim ki? Hem Ryder neredeyse kapıyı çalar, en azından ben öyle umuyorum. Zaten gecikti. Fazla değil ama yine de geç kaldı. Ben gecikmeye hiç gelemem. Ne demişler? Dakik olmanın en kötü tarafı karşında kıymetini bilecek kimseyi bulamamaktır. İyi de ben kıymetini bilirdim şimdi! Ama hakkını yememek lazım, Londra'dan arabayla geliyorsa –'Hah, geldi işte'– *hafta sonu trafiğine takılmıştır herhalde.*

Eee, Bay Ryder. Sen de buradasın ben de. Bakalım neler olacak şimdi.

"Kim o?"

"John Ryder? Üçte buluşacaktık ya."

"Evet. Bir dakika. Şu sinir zinciri bir açayım."

"Tamam."

"Hadi açıl artık! Hah! Evet, buyrun."

"Teşekkür ederim. Kusura bakmayın randevuya bir iki dakika geciktim ama–"

"Yok canım. Tam zamanında geldiniz sayılır. Evin ne kadar ücra bir yerde olduğu düşünülürse hiç fena sayılmaz. Bulmakta zorluk çekmediniz ya?"

"Çekmedim. Sizin tarifinize harfiyen uydum ve–"

"Güzel. Şimdi. Lütfen paltonuzu, eşyalarınızı filan şu duvarın dibindeki sandalyelerden birinin üzerine bırakın. Asmaktan daha kolay."

"Hakikaten öyle."

"Tamam."

"Şu deri koltuğa oturun. En rahat yer orası."

"Teşekkürler."

"Ben de şuraya oturayım, ne dersiniz? Ama belki bir kadeh bir şey içersiniz. Maalesef viskiden başka içecek bir şeyim yok ama eksperler çok iyi olduğunu söylediler."

"Ben içmeyeyim, teşekkürler. Benim için biraz erken."

"Kusura bakmayın kahve ikram edemeyeceğim. Evi çekip çeviren kadın bugün izinli, o olmayınca da kahve yapmak içinden çıkılmaz bir hal alıyor."

"Hiçbir şeye gerek yok, teşekkür ederim. Ben halimden memnunum. Yolda durup bir şeyler atıştırmıştım."

"Ya? Evet, sizi anlıyorum. Little Chef lokantalarından birine girmediniz ya?"

"Neyse ki hayır. Daha iyi bir yer bulmayı başardım ama yine de yemek berbattı."

"Barbarlık, büyük barbarlık. Vah vah, aslında –doğrusu oldum olası böyle olduğunu söyleyecektim Ryder, siz belki bunu bilemeyecek kadar gençsiniz ama eskiden hiç de öyle değildi. Orada rahat mısınız?"

"Hem de çok."

"Güzel, güzel. Rica ederim sigara içiyorsanız hiç çekinmeyin. Buyrun benimkinden almaz mısınız? Buralarda bir kültablası olacaktı."

"Yok, teşekkür ederim. Almayayım."

"Ah, kusura bakmayın. Böyle ropdöşambrımın cebinden hop diye çıkarınca hoşunuza gitmedi herhalde."

"Yok, alakası yok."

"Özür dilerim. Alışkanlık işte. Zarafet midir bayağılık mıdır ben de karar verebilmiş değilim."

"Mesele o değil. Bıraktım da."

"İyi etmişsiniz. Başlayalım mı?"

"Tabii."

"Malum telefon konuşmamız pek vecizdi, ben de bu görüşme için buraya gelmeyi neden kabul ettiğinizi merak ettim doğrusu."

"Cevap vermediniz."

"Şey, ben sanırım–"

"İsimle ilgili bir şey mi?"

"İsim mi? Kusura bakmayın anlayamadım."

"Kendi ismimden bahsediyorum. Sizinkine ne kadar benzediğini fark etmediniz mi yoksa?"

"Evet, fark ettim. Ama beni bunun etkilediğini söyleyemem."

"Peki benim kimliğimle mi ilgiliydi? Benden haberiniz var mıydı?"

"Elbette. Sizin hayranınızım."

"Belki de bana kendinden bahsetsen daha iyi olacak Ryder. Kaç yaşındasın?"

"Otuz üç."

"Otuz üç. Son zamanlarda neler yaptın? Hangi işle uğraşıyorsun? Telefonda borsaydı, hisseydi bir şeyler söylemiştin. Şehirde mi çalışıyorsun?"

"Hayır, borsa işlemlerini evden yapıyorum. Çuvalla para yaptım."

"Öyle mi?"

"İnsan bütün zamanını ve enerjisini bu işe vakfetmeye istekliyse para kazanmak çocuk oyuncağı."

"Peki neden böyle bir çocuk oyuncağını bırakıp bilinmeyene doğru yola çıkmak istiyorsun?"

"Açıkçası sıkılıyorum."

"Nasıl yani?"

"Kendimi şu Monte Carlo'daki çatlak ihtiyarlar gibi hissetmeye başladım, hani önceden belirledikleri parayı kazanana kadar masada otururlar, kazanır kazanmaz da hemen evlerinin yolunu tutarlar ya. Bilgisayarın başında oturuyorum, kimseyi görmüyorum, hiç dışarı çıkmıyorum. Çıktığımda da içten içe bir suçluluk hissediyorum ve ben yokken sansasyonel bir şeyler oldu mu diye merak ediyorum."

"Oluyor mu bari?"

"Asla. İşte bu yüzden hayatta bir şeyler yapmam gerektiğini hissediyorum, heyecan verici, tahrik edici bir şeyler. Tabii çok geç olmadan."

"Anlaşılan benim önerdiğim işin nasıl bir şey olduğu konusunda hiç fikrin yok."

"Hem de hiç."

"Peki bu seni endişelendirmiyor mu?"

"Bakın. Şu ana kadar gazetedeki bir ilana cevap vermek ve M40'ta yolculuk etmek dışında bir şey yapmadım. Bana yapacağınız teklif –tabii bir teklifte bulunacaksanız– ilgimi çekmezse arabama atlar, geldiğim yoldan evime dönerim."

"Hmm. Bu kadar açıksözlü olman hoşuma gitti. Açıksözlü insanları severim. Hem biraz rahatlıyor olman da güzel. Bu durumun senin için ne kadar zor olduğunu tahmin edebiliyorum."

"Biraz öyle."

"Neyse, artık ben de bu açıksözlülükten payımı alıp bu görüşmedeki ilk önemli –yani konumuzla alakalı– soruyu sorsam iyi olacak."

"Atış serbest."

"Gözlem gücün nasıldır?"

"Affedersiniz, neyim?"

"Yani gözlem yapmakta ve gözlemlerini tarif etmekte iyi misin?"

"Maalesef neyi kastettiğinizi anlayamadım."

"Hadi, hadi. Soruyu değil, neden sorduğumu anlayamadın değil mi? İnan bana kendime göre nedenlerim var ama sen şimdi onları boş ver. Sadece cevap vermeye çalış. Rica ederim sahte tevazu da gösterme."

"Valla ben de herkes gibi gözlem gücüme çok güvenirim. Ama bilinmez ki. Şimdiye kadar hiç sınamadım."

"Madem öyle hemen şimdi sınayalım, olmaz mı? Neden bana bu odayı ve içindekileri tarif etmiyorsunuz?"

"Siz bilirsiniz. Büyük bir oda, çok karanlık, kare –karemsi– siyah mermerden süslü bir şöminesi var –şöminenin iki yanında iki deri koltuk –onlar da siyah– ben birinde siz diğerinde oturuyorsunuz. Karşı duvarın önünde yan yana üç sandalye var. Hepsi kırmızı, on sekizinci yüzyıldan kalma gibiler. Şöminenin yanında genç melez bir kadının büstü var. Kilden yapılmış galiba."

"Carpeaux yaptı onu. Evet, kilden. Devam et."

"Şömine rafında altı tane mavili beyazlı vazo var. Yoksa kavanoz mu? Bazılarının kapakları var ama bakayım, iki, evet iki tanesinin yok. Hepsi değişik şekillerde ve boylarda. Duvarlar ilginç –çok koyu, yanık toprak rengi, kuru, tozlu, eski duvar kabartmaları renginde. Sanki iyice bir –iyice bir yıkansalar iyi olacakmış gibi duruyor. Ama herhalde böyle bir etki yaratsınlar diye bu renge boyanmışlardır. Bence öyle. Ama kusura bakmazsanız, madem benden dürüst olmamı istediniz–"

"Evet, lütfen."

"Odadaki her şey tozlu ve rengi solmuş görünüyor."

"Ya. Devam edin."

"Arkanızda yerden tavana kadar kitap rafları var. Büyük cumbalı pencerenin yanında bir oyun masası ve yaldızlı bir müzik dolabı var, köşede de –ne denir?– çekmeceli bir yazı masası, çekmecelerinden elyazmasına ve eski parşömenlere benzeyen komik kâğıtlar fışkırıyor. O ne öyle armut mu? Evet, armut. Mermer ya da yeşim gibi bir şeyden yapılmış, bilemeyeceğim. Herhalde kâğıt ağırlığı olarak kullanılmış. Aslında bütün olarak bir ortaçağ âlimi ya da azizinin sığınağına benziyor."

"Güzel, çok güzel. Devam et."

"Aramızda alçak, ahşap bir sehpa var. Kahve masası diyeceğim olmayacak. Eski bir bardan, eski bir şaraphaneden kalma bir şey gibi, çizilmiş, yaralanmış. Üzerinde bir yığın kitap duruyor. Aslında bakıyorum da bunlar tam kahve sehpasına konacak kitaplardan. Ama sadece en üsttekini seçebiliyorum, o da tersten. Adı –adı– *The Romantic Agony* –yazarı Mario– Mario Praz."

"Yazarın ismini yanlış telaffuz ettin, bir de çok fazla 'var' lafı kullandın, şu var bu var –ama gerisi mükemmeldi. O kadar eksiksiz anlattın ki kendimi orada gibi hissettim, ha ha! Bu eksiksiz anlatıma ihtiyacım olacak."

"Teşekkür ederim."

"Şimdi daha zor bir şey deneyelim. Bana yüzünü tarif edebilir misin?"

"Yüzümü mü?"

"Evet, yüzünü. Neye benzediğini tarif et. Yüzünün neye benzediğini. Mesela kendine yakışıklı der misin?"

"Evet. Dürüst olmak gerekirse yakışıklıyım."

"Başka?"

"Şey, fidan gibi dedikleri tiptenim ben. Yani öyle dediklerini duyduğum oldu. İnceyim, ince yüzlüyüm, yüksek elmacık kemiklerim var, herhalde siz çıkık elmacık kemikleri derdiniz. Kusura bakmayın ama insan böyle utanıyor."

"Devam et."

"Burnum kemiklidir –ama gayet düzgündür– ve gözlerim şey, berraktır denebilir. Gök mavisi. Saçlarım dökülmeye başladı. Ama daha çok başında, yani henüz kelleşmiş sayılmam, sadece alnım biraz açıldı. Koyu renk, kıvırcık saçlarım var, kabarık. Bir de sol burnumun kenarında küçük bir benim var."

"Hep tıraşlı mı gezersin? Gözlük takar mısın?"

"Birinci evet. İkinci hayır. İyi de artık bana söyleseniz–"

"Biraz sabret, oğlum, bitti sayılır. Şimdi de benim yüzümü tarif et bakalım."

"Yapma, söylenecek bir şey yok deme bana. Ben nasıl olduğunu gayet iyi biliyorum."

"Madem öyle sana peşin peşin söyleyeyim, John Ryder, yüzümü tarif etmediğin müddetçe işime yaramazsın."

"Madem öyle istiyorsunuz. Yüzünüz –sanırım– bir kazada çok kötü yara almış. Sol tarafını biri çekip koparmaya çalışmış gibi görünüyor. Her şey aşağı doğru sarkmış sanki, özellikle de ağzınız. Bu yüzden de konuşurken dudaklarınız kelimeleri çiğner gibi görünüyor. Teniniz –hâlâ sol taraftan bahsediyorum– teninizin tuhaf bir rengi var –yeşile çalan bir gri– bakır pası mı demeli?– birbirini kesen yara izleri ve şakaklarınızda tuhaf çıkıntılar var. Kabarcık gibi. Sağ taraf bozulmamış. Tahmin etmek zor ama altmış yaşlarındasınız galiba. Kırlaşmış gür saçlarınız var, hatta fazla gür. Kötü kesilmiş, ensesi fazla uzun. Gözlerinizi tarif etmem imkânsız çünkü kara bir güneş gözlüğü takıyorsunuz."

"Tabii ya. Ne düşüncesizim. Hemen çıkartayım."

"Eee John Ryder? Dilini mi yuttun?"

"Gözleriniz yok."

"Doğru. Gözlerim yok. Sadece kör değil, gözsüzüm. Takma göz de kullanmıyorum, sulu, pütürlü bir lapaya benzeyen yüzüme fazla yumurtalı bir hava verirdi değil mi?"

"Neyse. Tebrik ederim. Doğrusu tarif ederken biraz daha az ballandırabilirdin ama seni ben teşvik ettim değil mi?"

"Özür dilerim."

"Hiç gerek yok. Vazifeni gayet iyi yerine getirdin. Sadece senden istediğimi yaptın."

"Teşekkür ederim. Söylemeden edemeyeceğim, gözleriniz olmadığı halde çok rahat hareket ediyorsunuz."

"Bu odada yani. Bu odayı ezberledim. Walter de la Mare'nin bir şiiri gibi beynime kazıdım. Yine de kör olduğum gerçeğini saklamam imkânsız. Gördüğün gibi körlerin hareketlerinde bir başkalık vardır. Herbert Marshall'ı duydun mu hiç?"

"Herbert Marshall mı? Hayır, maalesef duymadım."

"Sen o zamanlara yetişememişsindir tabii. Film yıldızıydı."

"Kör müydü?"

"Yok canım, kör filan değildi. Ama bacaklarından biri takmaydı. Sanırım bacağını savaşta kaybetmişti. Birinci Dünya Savaşı olmalı. Neyse, Herbert Marshall tek bacaklıydı ama perdede asla tek bacaklı bir adamı oynamamıştı. Bir kere bile. Ama sık sık kör rollerine çıkardı. İlginç değil mi? Ama o kadar da tuhaf değil çünkü bir körü dikkatle seyredersen, takma bacaklı biri gibi yürüdüğünü görürsün."

"Hepsi bu kadar. Ama bilesin diye söylüyorum –işler umduğum gibi giderse bilmen de gerekecek– gözlerimi ve yüzümün sol tarafını Sri Lanka'da kaybettim. Yağmurda arabam kaydı ve yoldan çıktı. Tabii Sri Lanka'daki yollara yol denebilirse. Şoförün yanında oturuyordum, sanırım ona intihar koltuğu diyorlar ve başım ön camdan dışarı çıktı. Sonra araba yanmaya başladı. İşte netice bu. Dört yıl oldu."

"Geçmiş olsun."

"Teşekkür ederim ama maalesef bu tür sözler çoktan miyadını doldurdu. Bütün geleneksel yakınlık ifadeleri gibi. Bunları sana anlatmamın nedeni belki de aradığım adam olduğunu düşünmeye başlamam. Tabii senin bu işi isteyip istemeyeceğin ayrı bir mesele."

"Söylediğim gibi biraz kafam karıştı."

"Madem öyle sana gerekli açıklamayı yapayım. Senden gözlerini istiyorum."

"Ne?"

"Korkmana gerek yok. Gözlerini yerlerinden çıkarmak değil, ödünç almak istiyorum. Bir kâtip arıyorum, John Ryder. Gözleri, gözlerimin yerini alacak birini. Dünyayı benim adıma gözlemleyecek ve gözlemlerini bana aktaracak birini arıyorum, böylece ben de anlatılanları yazıya dönüştüreceğim. Kendi nesrime."

"Sanırım anladım. Bir kitap yazmayı mı planlıyorsunuz?"

"Bu korkunç kaza başıma dört yıl önce geldi. Bir Sri Lanka hastanesinde yedi ay geçirdim ve o bitmez tükenmez yedi ay boyunca bol bol düşünecek vaktim oldu. Düşünmekten başka yapacak şeyim yoktu, üzerimde öyle çok sargı bezi vardı ki herhalde Michelin Adamına benziyordum. Zira gördüğün, ki eminim senin için irkiltici olmuştur, münasebetsiz bir metafor kullanırsak, buzdağının sadece görünen kısmı. Vücudumun büyük bölümünde üçüncü dereceden yanıklar var."

"Ya."

"Şimdi. Demin bana hayran olduğunu söylemiştin, değil mi?"

"Evet, doğru."

"Hangi kitaplarımı okudun?"

"Sanırım hepsini. Tabii en başta, *Hayaletlerin Dizinin Dibinde.*"

"Tabii. Bekleneceği üzre. En zayıf kitabım, yine de herkes onu okuyor. Zaten bu ülke salak kaynıyor. Demek o kitapla başladın. Hatta belki kitapla da değil, filmiyle."

"Valla ne yalan söyleyeyim, öyle. Korkarım tam da öyle oldu. Önce filmi gördüm, çok hoşuma gitti, sonra da romanı okudum."

"Pöh!"

"Ama ondan sonra *İlk Meyveler, Beltraffio Aslanı, Mekânın Ruhu*'nu okudum."

"İnanırım, inanırım!"

"Kusura bakma John. Sana John diyebilir miyim? Kusura bakma kabalık ettim. Sana gerçekten inanıyorum. Ama bir şey sormadan edemeyeceğim. Demin itiraf ettiğin üzre kitaplarıma hayran, sadık bir okurum olarak başıma ne geldiğini hiç merak etmedin mi?"

"Pardon?"

"Tamam John, biliyorum, ben öyle kitleleri peşinden sürükleyen, etrafında toplanılan bir yazar olmadım hiç. Yine de yeterince göz önündeydim, orada burada boy gösteriyordum. Ödüller kazanmıştım –*Hayaletler*'le Booker ödülü almıştım– hatta bir ara Nobel lafı bile edilmişti. Hoş bunlara kulak asmamıştım ya. Yine de münzevi filan değildim, edebiyat konuşmalarına davet edilirdim, hoş bir biçimde rica edildiğinde seve seve röportaj verirdim. Yani son dört yılında, yahu şu bizim falancaya ne oldu diye düşünmedin mi hiç?"

"Bu soruya nasıl cevap vereceğimi bilmiyorum. Çok kitap okurum doğru ama edebiyat allamesi değilimdir. Yani bir yazarın kariyerini, sevdiğim bir yazar bile olsa, bilinçli olarak takip etmemişimdir hiç. Aklıma gelseydi bile her zamankinden fazla zamanınızı alan kalın bir roman üzerinde çalıştığınızı düşünürdüm herhalde. Ama doğrusu bu konuyu hiç düşünmedim. Sadece tahmin yürütüyorum. Pek kafamı meşgul eden bir şey değildi."

"Bunu duymak hoşuma gitti sanırım. İnsan benim kadar ünlü olsa bile ortalıkta biraz görünmedi mi herkes varlığını unutuyor. Çok zor. Yine de bunun böyle olmasını istediğimi inkâr edemem, bu yüzden de şikâyet etmeye hakkım yok."

"Yine de zor."

"Neyse, esprili Fransızların dediği gibi, *á nos oignons*. Nerede kalmıştım? Sri Lanka hastanesindeydim galiba. İnsanın iki gözünü de kaybetmesinin tek bir iyi tarafı var, o da onlarsız neye benzediğini görmek zorunda kalmamak. Eyfel Kulesiyle ilgili şu eski şakaya benziyor biraz. Kule dikildiğinde birisi, sanırım Goncourt kardeşlerden biri, Paris'e Eyfel Kulesi'nin tepesinden bakmayı sevdiğini söylemiş hani, çünkü kahrolası şeyin görünmediği tek yer orasıymış. Körlüğümü görmekten kurtulduğum için Tanrı'ya şükrediyorum. Yine de parmaklarım yerli yerinde, onları kaybetmedim, birbirini kesen yara izlerini, senin gayet canlı ifade ettiğin o "kabarcıkları" ve yüzümdeki birbirinin aynı o iki çukuru, o boş göz çanaklarını hissedebiliyorum. Kazadan sonra yüzümü bir daha kimseye göstermemeye karar vermiştim. Hatta bir müddet Sri Lanka'da kalmayı bile düşündüm. Cüzamlı gibi. Ama orada kalmak geri dönmekten daha zordu. Kredi kartları, banka hesapları, zimmete kaydetmeler, falan filan."

"Tahmin ederim."

"Ben de bir yıl kadar bekledikten sonra gizlice Britanya'ya döndüm. Gemiyle uzun yolculuk yaptım ve kış ortasında vardım. İyice sarınıp sarmalanmam kimsenin gözüne batmasın diye kışı tercih etmiştim. Hemen buraya, Costwolds'a geldim –bu evi yıllar önce hafta sonu kaçmak için almıştım– özellikle de böyle ıssız bir yerde olduğu için seçmiştim, ama o zamanlar o ıssızlığın ne kadar işime yarayacağını bilmiyordum tabii –dediğim gibi buraya gelip kendimi gömdüm. Ne gazete. Ne telsiz. Ne televizyon. Hiçbir şey. Dünya batsa umrumda değildi."

"Hiç çıkmadınız mı?"

"Sen olsan çıkar mıydın? Sokak'ta yürürken çocukların çığlık attığını duymak hoşuna gider miydi? Yok ama, yalan söylemeyeyim. Çocuklar çığlık atmaz. O minik mahluklar sandığımızdan daha dayanıklı. Annelerinin ceketlerine yapışıp, 'Anne, anne, şu acayip adama bak! Yüzü olmayan adama bak!' derler. Dehşete düşen anneleri de onları susturmaya çalışır. Çalıştıklarıyla da kalırlar. Ben bütün bunları duydum işte."

"Hiç estetik ameliyat olmayı düşünmediniz mi?"

"Estetik ameliyat olmayı düşünmedim mi? Sevgili John, bu senin gördüğün estetik ameliyatların ürünü. Bunlar bunlar –şu, şu ve şu– hatta bu bile, bak, elle, çekinme –hepsi estetik ameliyattan sonra oldu, önce değil. Yüzüm şimdi bir yapboza benziyor belki ama en azından sadece iki parçası gerçekten eksik."

"Yani o zamandan beri hep evde mi oturdunuz?"

"Hayır. Eskiden dışarı çıkardım. Akşamları. O zamanlar bir arkadaşım vardı ama. Charles. Oxford'da hocalık yapardı. Daha doğrusu eskiden yaparmış. Chipping Campden'de otururdu. Belki bilmiyorsundur, buraya kırk kilometre mesafede küçük bir kasabadır."

"Chipping Campden'i bilirim."

"Neyse, arkadaşım Charles Chipping Campden'de otururdu ve haftada bir bazen iki defa buraya akşam yemeğine gelirdi. Hava karardıktan sonra da beni yürüyüşe çıkarırdı. Hep karanlıkta. Bu yüzden yazın bitmesini iple çekerim hep."

"Kusura bakmayın ama neden?"

"Kışın, malum, hava saat dörtte filan kararır. Yazları dokuza, ona kadar beklememiz gerekirdi, hem o zaman bile yürürken birileriyle karşılaşma tehlikesi olurdu. Sıcak yaz akşamlarında da yüzümü öyle sıkı sıkı örtemezdim tabii. Hayatımın en kötü anlarını, yürüyüşe çıktığım sıcak yaz akşamlarında yaşadığımı söyleyebilirim, John. İnsanlar hiçbir şey demese de onları duyardım. Sözlerinin nasıl havada kaldığını, nasıl tuhaf bir sessizliğe gömüldüklerini, işitme menzilinden çıktıklarını düşündüklerinde konuşmalarının nasıl tekrar başladığını duyardım. Ama işitme menzilinden çıkmamış olurlardı, birazcık erken davranırlardı hep. Arabaların yavaşladıklarını, herhalde içerideki ağzı bir karış açık yolcular bana daha iyi bakabilsin diye *–yavaşladıklarını–* bile duydum. Köpekler de var. Bazı köpekler bana havlıyor."

"Belki bana inanmayacaksınız ama cidden de o kadar kötü değil. Bence siz biraz fazla–"

"Ne kadar kötü olduğunu biliyorum."

"Hiç köpek almayı düşünmediniz mi? Hani şu –adı neydi?– gören-göz köpeklerinden. Çoğu Labrador oluyor."

"O sinir, köle ruhlu hayvanlara tahammül edemiyorum. Oldum olası sevmemişimdir. Havlama sesinden nefret ederim. Köpek havlaması bana, ciğerlerini tüküren astımlı bir moruğun öksürük sesini hatırlatır. Hem köpekler polise çalışır."

"Nasıl yani?"

"Hiç polis kedisi diye bir şey duydun mu?"

"Ha. Şey hayır, duymadım herhalde."

"Ben kediciyimdir. Eskiden bir Siyam kedim vardı. Artık yok ama. Yüzüm bir kedinin bile tüylerini diken diken eder. Neyse biz Charles'a dönelim. Zavallı geçen sene öldü. Artık kimsem yok. Yemekleri pişirip, evi makul ölçüde temiz tutan cahil bir kâhya kadından başka kimsem yok. Daha doğrusu sen evin ne kadar tozlu göründüğünü söylemeden önce temiz tuttuğunu sanıyordum."

"Kusura bakmayın ama hem bana hem de kâhyanıza biraz haksızlık ediyorsunuz. Ben odanın pis göründüğünü söyledim, evin değil. Birkaç senedir badana yapılmamış da ondan. Hem ben bu halini sevdim."

"Buraya gelmene, benimle kalmana ve kitabımı yazmama yardım etmene yetecek kadar sevdin mi?"

"Şey, bilemiyorum. Bu tam olarak ne demek?"

"Burada oturman gerekecek, tabii. Senin için bir sakıncası yoksa haftanın yedi günü. Haftada iki gün Londra'ya gitmeyi tercih edersen haftanın beş günü. Bu arada o iki gün cumartesi pazar olmak zorunda değil. Senin de gördüğün gibi hafta sonu benim için bir anlam ifade etmiyor."

"Ben yapacağım işin nasıl bir şey olacağını sormuştum. Gözlerimi 'ödünç almak' istediğinizi söylemiştiniz, değil mi?"

"Evet. Yazmak istediğim –bunu daha iyi ifade edecek bir sözcük olmadığına göre otobiyografi demek zorundayım sanırım. Her ne olursa olsun son kitabım olacak zaten. Yani vasiyetnamem. Senden, ya da herhangi birinden istediğim, kahrolası şeyi oturup fiziksel olarak benim yerime yazman. Biliyorum, sana eski kafalı, huysuz bir ihtiyar gibi görünmüş olmalıyım. Espriyle karışık Londra'nın edebiyat dünyası tabir edilen şeyde öyle nam salmıştım. Ama o kadar da beter değilim. Mesela çalışma odamda –kapısı sağında kalıyor– son model bir kelime işlemci var. Sri Lanka'ya uçmadan birkaç hafta önce almıştım."

"Ciddi mi? Ben sizi dolmakalem-mürekkep kullananan yazarlardan sanırdım."

"Valla azizim gördüğün gibi pek de öyle değilim. İster inan ister inanma daktilo kullandığım rivayet edilirdi. Ama doğruya doğru, bilgisayarla yazının düşünceden önce geldiği izlenimine kapılmışımdır hep."

"Peki neden bilgisayar aldınız?"

"Reçete üzerine aldım diyebilirim. Bir duruş bozukluğum vardı. Ya da parmak kaslarımdan birini aşırı zorlamıştım, tam hatırlamıyorum. Sonuçta doktorum bir bilgisayar almamı tavsiye etti. Maalesef bu felaket başıma geldiğinde daha işi tam kapmamıştım."

"Size söylemeye korkuyorum ama artık o bilgisayar son model filan değil."

"Ne?"

"Çoktan hurdaya çıkmış olmalı."

"Olur mu öyle saçma şey? Daha dört senelik."

"*Daha* dört senelik mi? Siz belki farkında değilsiniz ama bilgisayar teknolojisi o kadar hızlı gelişiyor ki yeni bir modeli daha aldığınız anda modası geçiyor."

"Yapma! Ne güzel işmiş bu böyle."

"İnanın bana."

"Öyledir tabii. Sen daha iyi bilirsin. Bu sadece zamanın benim için nasıl durduğunu gösteriyor. Ama endişelenme bu işi yapmak için en son çıkan makine neyse onu alırım. Ama yazmaktan da önemlisi hazırlık."

"Ne hazırlığı?"

"Söylesene John, bir çocuğu, yani bebeği parmağıyla bir şeyi işaret ederken seyrettin mi hiç?"

"Seyrettim diyemem."

"Tamam işte. Eğer benimle çalışacaksan senden tam da bu tür gözlemler bekleyeceğim. Bir yetişkinle bir çocuğun parmağıyla bir şeyi işaret etmesi arasındaki temel fark şudur, yetişkin önce kendi ilgisini çeken bir şeyi görür, sonra da bunu paylaşmak için arkadaşlarına, yanındakilere de gösterir. Değil mi?"

"Evet."

"Bir çocuk için bunun tam aksi geçerlidir. Parmağını dış dünyaya öylesine uzatır. Sonra, *ancak parmağını uzattıktan sonra,* neye işaret ettiğine bakar. Bir çocuk için bütün dünya keşif kaynağı olduğu için, her defasında, kaçınılmaz olarak görüş alanında ilginç bir şey bulur. En azından kendisine ilginç gelen bir şey."

"Eminim haklısınızdır ama ben böyle bir şeyin farkına vardığımı söyleyemem."

"Demek çocuğun yok."

"Yok. Evli değilim."

"Güzel. Yani benim için iyi. Tabii işi kabul edersen."

"Ama daha açıklamadınız."

"Neyi?"

"Şu parmakla işaret etme meselesini."

"Ben o çocuğa benziyorum John. Parmağımla belli bir şeyi işaret edemiyorum. Sadece rastgele bir şeyi işaret edebilirim, sonra da *seni* –lafın gelişi sen diyorum– işaret ettiğim şey neymiş bakmaya gönderirim. Bakmaya, sonra da bana bildirmeye."

"Anladım. Beni hayatınızın çeşitli dönemlerinde bulunduğunuz yerlere göndereceksiniz. Çocukluğunuzun geçtiği yerlere filan, öyle mi?"

"Evet, belki. Aslında belkisi filan yok, muhakkak."

"Ama?"

"Ama?"

"Bir şey daha ekleyecektiniz sanki."

"Doğru, ekleyecektim. Baştan söyleyeyim, John, o sıradan otobiyografilerden yazmaya hiç niyetim yok. Sen de bilirsin. 'Falanca yerde doğdum.' 'Filanca okula gittim.' 'Oxford'da hocam filanca istidadımı anlamadı.' Ben bu kitabı esasen bütün düşüncelerimin, fikirlerimin, tematik takıntılarımın bir özeti, bir *summa summarum* olarak görüyorum. Ruhumun, iç hayatımın otobiyografisi denebilir buna. En azından görünen hayatımı olduğu kadar iç hayatımı da anlatacak. Okura adeta hayatın bir tutanağını sunan otobiyografilerden nefret ederim. Bilirsin. Şu yönetim kurulu toplantılarında kaydedilen tutanaklar gibi."

"Evet, anladım."

"Kusura bakma John. Anlaşılmamaya öyle alıştım ki."

"Doğrudur. Acaba bir başlık belirlediniz mi?"

"Şimdilik *Hakikat ve Sonuçları* diyorum."

"Bunu tuttum. Hem de çok."

"Öyle mi? Ben pek emin değilim."

"Neden?"

"Bana biraz fazla iddialı geliyor."

"Bence hiç de öyle değil. Bana sorarsanız ne pahasına olursa olsun ondan vazgeçmeyin."

"Bir müddet *Okurun Ölümü* başlığını evirip çevirdim kafamda –oradaki oyunu anlamışsındır herhalde?– ama onu hepten beğenmedim. Neyse göreceğiz bakalım. Eee ne diyorsun John? Bu yeni kitap üzerinde benimle birlikte çalışma fikri sana cazip geliyor mu?"

"Şey ben–"

"Benimle geçinmenin kolay olduğunu iddia etmeyeceğim. Ama o kadarını kendin de anlamışsındır zaten."

"Eee? Evet mi hayır mı? Belki biraz zaman istersin."

"Iıı, daha şeyi konuşmadık–"

"Neyi?"

"Parayı."

"Ücreti mi kastediyorsun? Haklısın konuşmadık. Bak, John, ben zengin bir adamım. Son zamanlarda dedikleri gibi ciddi ciddi zengin olmasam da dünyanın maddi meselelerini kafaya takmayacak kadar zenginim. Teklifimi kabul ettiğinde bu işi enine boyuna konuşuruz ama şimdi kafadan atıyorum –tabii kafamdan geri ne kalmışsa– diyelim ki ayda üç bin pound vermeye hazırım. Senin için uygun mu?"

"Son derece cömert bir teklif."

"Madem öyle ayda üç bin pound diyelim. Tabii gerektiği müddetçe burada kalmak, yemek içmek de dahil. İşe hemen başlarsak bir senede biter tahmin ediyorum. Tabii buna ilaveten, kitabın gelirinden de mütevazı bir yüzde veririm. Yani telif ücreti, çeviri hakları, ikincil haklar, uyarlama hakları, kitap kulübü satışlarını kastediyorum. Normalde yazdıklarımdan iyi para kazanırım."

"Öyleyse –evet. Evet."

"Güzel. Çok sevindim, John. Bana Paul de. Zaman içinde nasıl olsa alışacaksın, resmiyete ne lüzum var?"

"Peki –Paul."

"Bir şey daha var. Önemsiz bir şey ama tam olarak nasıl bir şeyle yüz yüze kalacağını bilmeni isterim."

"Neydi?"

"Bana dadılık etmeni beklemiyorum, istemem de. Dediğim gibi kâhyam –adı Bayan Kilbride bu arada. Kendisi Glasgovludur. Bayan Kilbride temizlik ve yemek işlerini yapar, o izinli olduğunda da ben yemek işini çeşitli şekillerde ayarlarım. Bu konuda endişelenmene gerek yok."

"Aslında yemek yapmayı severim. Hem fena da sayılmam. İzin verirsen arada bir ikimize akşam yemeği yapmaktan memnuniyet duyarım. Açıkçası tek başıma yaşadığım için yemek yapma fırsatını pek sık yakalayamıyorum."

"Ne iyi. Bu harika bir ikramiye olacak. Zavallı Bayan Kilbride elinden geleni yapıyor eminim ama mönüsü fazlasıyla kısıtlı maalesef. Ama sadece içinden geldiğinde yaparsın. Gün boyunca seni epey sıkı çalıştıracağım."

"Yemek pişirmek benim için işten sayılmaz."

"Ne mutlu. Ama ben senden bir iki tane ufak tefek ev işi yapmanı rica edecektim. Fazla mühim bir şey değil."

"Sorun olacağını sanmıyorum."

"Mesela hâlâ akşamları yürüyüşe çıkmayı seviyorum ama Charles öldüğünden beri bunları öyle azalttım ki kendimi ev hapsinde gibi hissetmeye başladım. Onun yerini almaya bir itirazın yoktur umarım."

"Ne demek! Eminim ben de yürüyüşe çıkma ihtiyacı hissederim."

"Zor bir şey değil. Yani kör bir adamı yürütmek. Usulca kolumdan tutman, bir kaldırımın sonuna gelindiğinde ya da inip çıkacak basamaklar, ayağımın takılacağı bir şeyler olduğunda haber vermen yeterli."

"Hı, hı."

"Diğer vazifeye gelince... Bu biraz küçük düşürücü."

"Ben karanlıktan korkarım, John. Karanlıktan feci korkarım."

"Karanlıktan mı?"

"Biliyorum, biliyorum. Bir körün karanlıktan korkması kulağa çok saçma geliyor. Ama ne yapayım ki öyle. Zaten klostrofobim vardır. *Evrende kendimi kapalı kalmış hissederim.*"

"Oho. Klostrofobi diye buna derim."

"Bunda komik bir şey yok."

"Kusura bakma–"

"Nasıl demeli, varoluşsal olmayan bir seviyede bile klostrofobim başıma türlü sorunlar açmıştır. Mesela asla metroya binemedim, asansöre de –asansör benim için kâbus olmuştur hep. Çünkü bazen insan binmeden olmuyor. Mesela New York'ta. Ama New York'ta bile bir keresinde bir arkadaşımın evine gitmek için on iki kat merdiven çıktığımı bilirim çünkü asansör bana birinin dikine koyduğu bir tabut gibi görünmüştü. Otellerde hep alt katlardan oda ayırtırdım ve yabancı bir yatakta yatarken perdeyi hep hafifçe aralık tutardım, geceleyin uyanıp da kendimi zifiri karanlıkta bulmayayım diye."

"Gözlerini kaybettiğinden beri hiçbir değişiklik olmadı mı?"

"Daha da kötüleşti. Sadede gelirsek John, bu evde ben görebiliyormuşum gibi hareket etmeni bekliyorum. Bu çok önemli. Işıklar normal bir evle aynı saatte yakılmalı. Ben burada tek başıma oturuyor olsam bile ışık açık olmalı. Karanlıkta tek başıma oturma düşüncesine tahammül edemiyorum. Akşamleyin bir odaya girdiğimde ışığı mutlaka açarım, sen de açmalısın, tamam mı?"

"Tabii, elbette."

"Özellikle de banyonun ışığını."

"Banyo mu?"

"Evet banyo. Benim için banyo ışığını mutlaka açık tutmanı rica ediyorum –küçük bir iş daha. Umarım bir sakıncası yoktur."

"Yok, ama–"

"Şimdi benim bir alışkanlığım var. Banyoda şarkı söylerim. Gerçekten. Yanılmıyorsam, söylediğim şarkıları duyduğunda şaşıracaksın zira popüler şarkılar söylerim. Ama pop şarkıları değil, Tanrı esirgesin, çok eskilerde kalmış bir dönemin şarkıları, Jerome Kern, Cole Porter, Rodgers ve Hammerstein türü şeyler. Kafamda büyük bir şarkı koleksiyonum var. Burada, belleğimde, sapasağlam. "You're the Top", "Cheek to Cheek" ya da "Alexander's Ragtime Band"i söyleyerek küvette sabunlanırken *karanlıkta* olma fikrine katlanamıyorum. Yani zifiri karanlıkta. Buna tahammül edemiyorum."

"Işığın yanıp yanmadığına bakarım."

"Bir de kapı aralık olsun. Kapının mutlaka aralık olmasını sağlar mısın?"

"Evet, tabii."

"Belki banyo kapısının açık olması ilk başta seni rahatsız eder ama korkarım öyle olmak zorunda. Banyonun penceresi var ama çok dar ve yüksek, benim ulaşmam imkânsız gibi bir şey; eğer kapı kapalı olursa, şey, ciddi bir sorun çıkacağını zannetmiyorum, kapı kolu gayet sıradan. Yine de bulmaya çalışırken bir iki dakika panik yaşıyorum ve o panik anlarını iyi bildiğimden tekrar yaşamamayı tercih ediyorum. Biliyorum hastalıklı bir şey ama ben böyleyim işte. Kapının açık kalmasını sağlarsın değil mi?"

"Söz veriyorum. Asla karanlıkta tek başına kalmayacaksın."

"Güzel. Artık konuyu değiştirelim mi? Artık somut şeylerden bahsedelim. Ne zaman başlayabilirsin?"

"Bir an önce."

"Pazartesi uygun mu?"

"Pazartesi? Bir düşüneyim. Bugün cumartesi. Evet. Evet, başka bir işim yok. Ama bir dakika. Salı olsa olur mu? Hatta çarşamba. Çarşamba olur mu?"

"Elbette–"

"Şimdi hafta sonu, malum. Önce işlerimi bir düzenlemem lazım. Onu da ancak hafta içi yapabilirim."

"Çarşamba benim için uygun."

"Aslında akşamüzeri Londra'ya dönersem yarın eşyalarımı toplarım, pazartesi işlerimi hallederim, belki biraz salıya da sarkar, sonra salı akşamı buraya gelebilirim. Böylesi iyi mi?"

"Gayet iyi, John. Aslında bu gecikme belki de hayırlı oldu. Böylece yeni bir bilgisayar siparişi verecek zaman kazandım. Belki de bu konudaki uzmanlığınla bana doğru yönü gösterebilirsin. İtiraf etmeliyim ki nereden başlayacağım konusunda en ufak bir fikrim yok."

"Paul, bütün bunları bana bırakmaya ne dersin? Londra'da

bir yirmi dört saat daha kalırsam yeni bir bilgisayar alıp, çarşamba akşamı onu da arabaya atıp getirebilirim. Sonra halledeirz."

"Çok nazik bir teklif. Ama çarşambayı geçmesin, lütfen. Başlamak için can atıyorum. Artık ortağımı da bulduğum için daha hevesliyim."

"Çarşamba gelirim. Söz."

"Harika. Eee John, şimdi bir içki içer misin? Ortaklığımıza kadeh kaldırırız."

"Evet, içelim."

"Sakiliği sen yap."

"Tabii."

"İçkiler arkandaki dolapta. Tekrar söyleyeyim, viskiden başka bir şey yok. Ama iyi kalite."

"Viski iyidir. Nasıl istersin?"

"Sek, lütfen. Sakın zamanını sorma."

"Söylemeden edemeyeceğim Paul, kendi kendine -gülme başarını takdir ediyorum. Tam olarak gülmek de denemez. Ama içinde bulunduğun kötü durumla dalga geçebiliyorsun. Belli ki mizah duygunu kaybetmemişsin."

"Ne kaybetmesi? Benim mizah duygum gülünesi bir şeydir. Ancak gözlerimi kaybettikten sonra mizah duygusu kazanabildim."

"Anlayamadım."

"Çok geçmeden kör bir adamın mükemmel olması gerektiğini öğrendim, dostum. Başka çaresi yoktur. Ben mükemmellikten *iğrenirim.* Tahmin edebileceğin gibi mizacımda böyle bir şey yok. Ama hayatta kalabilmek için mükemmel olmak zorundayım. İnsanlar ilk başta körlüğü ilginç buluyorlar, merak ediyorlar hatta biraz büyüleniyorlar ama çok geçmeden cazibesinden sıkılıyorlar. Ürpertici. Uğursuz. En kötüsü gaddarca vakit yiyor. 'Lütfen benim için şunu yapar mısın?' 'Bana şunu getirir misin?' 'Rica etsem şu kapıyı açabilir misin ya da kapayabilir misin?' Körler, gözleri görenler için korkunç bir yüktürler ve nasıl bir yük olduğumuzun bize hissetirileceği, hem de garezle hissettirileceği an er ya da geç gelip çatar. Bu arada, umarım söylediklerim seni endişelendirmiyordur."

"Sen beni boş ver."

"Kör birisi asla ama *asla* sızlanmaması gerektiğini keşfeder. 'Sızlanmak' –bu kelimeyi sık sık duymaya başlarsın. Duyar ve korkarsın. 'Kusura bakmayın ama gözlerim görmüyor!' 'Hadi ama sızlanma!' 'Anlamıyorsunuz ama, gözlerim yok.' 'Tanrı aşkına sızlanmayı bırak!' "

"Yapma, insanların bunu –şey–"

"Yüzüme mi diyecektin John? Diyeceksen de. Pek hoş görünmeyebilir ama yine de bir yüzüm var. Sorunun cevabı da hayır. Açıktan açığa değil. Ama körlüğünü hafife almayı öğrenmezsen–"

"Al bakalım."

"Pardon?"

"Viskin."

"Ha. Teşekkürler. Ama bir ricam olacak John. Önce elimi tutmalı sonra bardağı elime yerleştirmelisin. Yoksa bardağın nerede olduğunu bilmem imkânsız."

"Tabii. Özür dilerim."

"Öğrenirsin. Ne diyordum, insan kendi ıstırabına, sıradan bir nahoşlukmuş gibi omzunu silkmediğinde başkalarından aldığı fiziksel ve moral destek ani bir düşüşe geçiyor. Mizah duygusu kör bir adam için, beyaz baston kadar vazgeçilmez bir şey."

"Anlıyorum."

"Ama bu kadar kasvet yeter. Şunu bilmeni istiyorum John, birlikte çalışacağımız için çok memnunum, gerçekten. Kadehimi *Hakikat ve Sonuçları*'na kaldırıyorum."

"*Hakikat ve Sonuçları*'na."

"Şerefe."

"Şerefe."

***

Ok yaydan çıktı. Kendimi nasıl hissediyorum peki? Huzursuz, huzursuz. Kör olmasam, hiç tanımadığım birini evime almaya cesaret edemezdim. Misafirlerin gece kalmasından hiç hoşlanmamışımdır. Hatta Charles'ın bile. Benim tarzım değil. Ama körlük her şeyle bir-

likte tarzımı da o kadar değiştirdi ki. En azından sesinde bir saygı var, bu iyi bir işaret olsa gerek. Biraz renksiz belki, en azından şimdilik ama olsun, birbirimizi daha iyi tanıdıkça açılır herhalde. Burada yaşayacaksa bu kaçınılmaz, yani saygı kötü bir başlangıç noktası değil. O kadar aptal da değil hem, öylesi münasip zaten. Yok canım, enine boyuna düşününce iyi ve uygun bir seçim yaptım. Tanrı bilir daha beter olabilirdi.

* * *

"Ee, John. Eşyalarını yerleştirdin mi bari?"

"Evet, teşekkürler. Çok güzel bir oda. Eminim burada çok rahat edeceğim."

"İnşallah. Bir şeye ihtiyacın olursa söyle yeter."

"Peki. Şuraya mı oturayım? Karşına?"

"Hatırladığım kadarıyla oturacak başka yer yoktu. Londra'da bütün işlerini halledebildin mi?"

"Hı hı. Yarın da bilgisayarı kurarım. Mac aldım. Benimki de Mac. Umarım bir sakıncası yoktur."

"Daha önce de söylediğim gibi bu makinelerden hiç anlamıyorum. Sen nasıl rahat edersen."

"Nasıl demeli, bilgisayar işlerinde iki düşünce okulu var, Mac'ler ve PC'ler. PC'ler galip gelecek gibi –hatta geldiler– ama ben sadık bir Mac'ciyim."

"Madem Big Mac'e talim ediyorsun, elbet bu bilgisayarı kullanacaksın. Zavallı Bayan Kilbride neden bu kadar gecikti bilmem."

"Aşağı indiğimde mutfaktan tıkırtılar geliyordu."

"Evet, saat tam yedi buçukta yemeğimin hazır olmasını istediğimi bilir. Saat kaç?"

"Sekize yirmi var."

"Sen varsın diye biraz fazla titizleniyor herhalde. Bu arada yemekleri mutfakta koyup tabakları doğrudan masaya getirir. Öylesi daha kolay. Senin için bir sakıncası var mı?"

"Yok canım."

"Hah, kulaklarım beni yanıltmıyorsa sonunda muradıma erdim galiba, geldi işte. Bayan Kilbride, canım Bayan Kilbride, John'la ikimiz nerelerde kaldığını merak etmeye başlamıştık."

"Ah beyim, ah Bay Ryder kusura kalmayın, tek kişi için yemek yapmaya çok alışmışım, her şeyi tekrar baştan düşünmem gerekti, yani iki kişi olunca."

"Bu gece bizim için mutfakta ne *bonne bouche* döktürdün bakalım?"

"Aman tabağa dokunayım demeyin, sıcak. Bugün özel bir gün sayılır, en sevdiğiniz yemeği pişirdim. Biftek ve böbrek ezmesi."

"Bayan Kilbride, bilmez misin, sen ne pişirsen severim ben."

"Buyrun Bay Ryder. Siz merak etmeyin. Ben Bay Paul'un benimle dalga geçtiğinin farkındayım. Arkamdan yemeklerim hakkında neler söylediğini biliyorum. Ama sevse de sevmese de mecbur yiyecek."

"Bay Paul bir şey demedi."

"Demiştir demiştir. Biz birbirimizi biliriz. Değil mi?"

"Evet, evet. Böyle de ifade edilebilir. Rica ederim dirseğini kaburgalarıma batırma ama. Bilirsin sevmem. İkimize de servis yaptın mı?"

"Her şey masanın üzerinde."

"Güzel. Yemek bitince John seni çağırır."

"Sakın sizinle uğraşmasına izin vermeyin Bay Ryder. Yoksa çekilmez olur."

"Susss, kadın! Hadi git işine!"

"John bir yerlerde bir şarap olmalı. Bir de tirbuşon. Tabii ihtiyar cadı unutmamışsa."

"Şuradalar! Hemen şurada!"

"Sen alırsın herhalde."

"Aldım bile!"

"Güzel!"

"Şişeyi de açarsın herhalde."

"Tabii."

"Gitti değil mi?"

"Evet."

"Biliyor musun onu hiç görmedim."

"Bayan Kilbride'ı mı?"

"Sri Lanka'dan döndükten sonra yanımda çalışmaya başladı. Acaba bana onu biraz tarif eder misin?"

"Arkadaşın Charles sana hiç tarif etmedi mi?"

"Aslında etti tabii ama çok seneler geçti. Yarın çalışmaya başlıyoruz ya John, yarın gözlerini ödünç almaya başlayacağım, belki bu akşamdan biraz pratik yapsak iyi olur. Yani öylesine. İstediğin kadar düşünebilirsin."

"Peki –bu arada Paul, bardağını doldurdum– bir düşüneyim, altmışına merdiven dayamış ama kendine iyi bakmış, hatta hayret edilecek kadar ince. Hayret edilecek kadar dedim çünkü insan sadece sesini duysa şişman olduğunu zannedebilir. Aslında şişman değil de "tombul" bir sesi var, anaç bir ses."

"Yapma, John. Bu durumda kadının sesinden söz etmen biraz acayip değil mi sence de? Ne de olsa kadının tam manasıyla aşina olduğum tek şeyi sesi."

"Ben sadece fiziksel olarak sesine hiç benzemediğini kastetmiştim. Neyse, saçları, sanırım boyalı ama gayet doğal bir görünümü var, o mavimtrak boyalarla alakası yok. Doğrusu başka ne diyeceğimi bilemiyorum."

"Düşün, dostum, düşün. Daha şimdiden zorlanmaya mı başladın?"

"Şey. Bilmem farkında mısın, *daha doğrusu* söylemem iyi olur mu bilmiyorum ama çok göz kırpıyor."

"Göz mü kırpıyor? Bu da ne demek?"

"Rica ederim bunu benim söylediğimi belli etme. Ama yemekten konuşurken, sen onun yemeklerini harika bulduğunu söylerken bana göz kırpıyordu, sanki–"

"Ne demek istediğini anladım. Evet, bunu bana daha önce de söylemişlerdi. Evet, bu kadarına razıyım. Hayatımın trajedisinde, büyük bir cesaretle kendisine komik ara nağme rolünü biçti. Aptal doktorlarımdan biri ona dur durak bilmeden gevezelik etmesini, hatta araya körlüğümle ilgili birkaç şaka sıkıştırmasını tavsiye etmiş olmalı. Herhalde aşırı hislenip kendime acımayayım diye. Ne giymişti?"

"Ne mi giymişti? Bir düşüneyim. Naylon bir önlük takmıştı, üzerinde Galler'e has özel bir yemek tarifi vardı –galiba Lea

& Perrins sosu reklamıydı. Onun altına açık pembe angora ya da moher bir kazak giymişti. Önlük yüzünden eteğini hiç göremedim. Demin de söylediğim gibi insan sesini duyunca çok daha iri göğüslü olduğunu düşünüyor. Yoksa ben mi fazla cinsiyetçiyim?"

"Onu bilemem ama tam yemeye başlamışken çizdiğin bu tablonun çok da iştahımı açtığını söyleyemeyeceğim. Bana söylemeyi unuttuğum bir diğer küçük vazifeyi hatırlattı. Söz veriyorum bunların sayısı fazla artmayacak."

"Benim için sorun olmadığını söyledim ya Paul."

"Bir yandan gevezelik edip bir yandan yemek yiyeceksek sana saat yöntemini öğretmek zorundayım."

"Saat yöntemi mi?"

"Açıklayayım. Benim de önümde senin gibi bitfek, böbrek ezmesi ve tahminen kızarmış patates veya Bürüksel lahanası dolu bir tabak var. Yoksa bezelye mi?"

"Lahana."

"Demek lahana. Bayan Kilbride insanı hiç şaşırtmaz sağolsun. Tabağımda ne olduğunu biliyorum, John ama tam neresinde olduğunu bilmiyorum. Saat yöntemi burada devreye giriyor. Senden isteğim–"

"Tamam, anladım galiba. Şey, biftekle böbrek saat üç yönünde. Lahanalar altı, yok beş buçuk. Patatesler dokuz. Doğru anlamış mıyım?"

"Gayet iyi. Ama burada eş zamanlı saatler olmadığından yarım ya da çeyrek saatlere girmesin daha iyi olur. Sadece temel rakamlara bağlı kal."

"Peki."

"Şimdi yumul, Bayan Kilbride olsa o tombul, anaç sesiyle böyle derdi."

"Tuz, karabiber ister misin?"

"İstemem, teşekkürler."

"Ekmek?"

"Hayır."

"Eyvallah."

"Rica ederim bu lafı da kullanma. Kusura bakma. Nedense eyvallah lafına hiç tahammülüm yok."

"Kusura bakma–"

"Sana kaba gelebilir, John ama aslında sadece açık davranıyorum, ortaklar arasında böylesi bir açıklık şart. Bütün kırışıkları baştan ütülemek en iyisi, sence de öyle değil mi? Aslında şimdi düşündüm de belki sen de şimdiden benim yaptığım bir şeyden hoşlanmayacağını hissetmişsindir. Öyle bir şey varsa söyle. Uzun vadede ikimiz için de daha kolay olur."

"Doğrusu bir şey var."

"Öyle mi? Cidden? Benim haneme de bir tane yazalım öyleyse."

"Eee, neymiş bu?"

"Zavallı. 'Zavallı' kelimesi."

"Zavallı mı? Anlamama sırası şimdi bende."

"Demin Bayan Kilbride'dan söz ederken 'zavallı' dedin."

"Öyle mi?"

"Buraya ilk geldiğimde de arkadaşın Charles'dan 'zavallı' Charles diye bahsetmiştin."

"Ya?"

"Bunu açıklayabileceğimden emin değilim."

"Yine de dene."

"Ben herkese 'zavallı' deme tikine gelemem hiç. Bana biraz yukarıdan almak gibi gelir."

"Kendin sordun."

"Yok, yok, söylemekte haklıydın. Ama ben hiç –gerçekten de böyle bir şey yapıyor muyum?"

"Aslında dürüst olmam gerekirse, bilmiyorum. Ne olsa seninle daha geçen, ne gündü? Cumartesi tanıştım. Belki de böyle bir şey yapmıyorsundur. Beni açık davranmaya davet etmeseydin sözünü bile etmezdim. Umarım seni kırmamışımdır."

"Hayır. Hayır, kırılmadım. Sadece biraz şaşırdım. Böyle bir şey yaptığımın farkında değildim. İnsana hafif bir şok gibi geliyor. Kaldıracak kaşım olsa şimdi kaldırırdım."

"Kusura bakma, çenemi tutmalıydım."

"Daha neler! Seni ben teşvik ettim, sen de yaptın. Dikkatime sunmak istediğin başka küçük 'marazalar' yoktur herhalde?"

"Başka yok."

"Komik bir şey mi söyledim John?"

"Ne?"

"Gülüyorsun. Neden gülüyorsun?"

"Güldüğümü *duyabiliyor* musun?"

"Ayağını denk al John Ryder. Düşüncelerini bile duyabilirim."

"Eee söyle bakalım. Neden gülüyordun?"

"Yaptığın harekete gülmüştüm."

"Hangi hareket?"

"Parmaklarınla havada tırnak işareti yaptın ya. 'Marazalar' derken hani. Senin tarzın değilmiş gibi göründü."

"Hareket mi yoksa kelime mi?"

"İkisi de galiba."

"Son zamanlarda tarzım olmayan çok şey yapıyorum."

"Mmm. Bu arada bardağını tekrar doldurdum."

"Ne? Ha, teşekkürler. Etle böbrek ezmesi hoşuna gitti mi?"

"Evet. Gayet leziz."

"Öyledir. Yemekten sonra kahve içer misin?"

"Evet, iyi olur."

"Öyleyse Bayan Kilbride'ı şimdiden harekete geçirmeni tavsiye ederim. Eli biraz ağırdır. Bir sesleniver olmaz mı?"

"Ben mi?"

"Neden olmasın?"

"Bilmem. Burada daha ilk gecem."

"Artık bana olduğu kadar sana da hizmet edecek değil mi?"

"Peki... madem öyle diyorsun. Bayan Kilbride!"

"Maşallah, bunu da duymamazlık edemez artık."

"Korkuttuysam özür dilerim. Bu tip şeyleri rayına oturtmak için biraz zamana ihtiyacım olacak."

"Bol bol zaman bulacaksın. Bu arada, yemekten sonra yürüyüşe çıkabiliriz, John. Tabii sen de istiyorsan. Etrafı görmüş olursun. Ne dersin?"

"Ben de tam bunu teklif edecektim."

"Güzel. Anlaştık o zaman."

***

"Hangisi senin?"

"Soldan ikinci. Şu havaleli olan."

"Kürk palto mu?"

"Senelerdir kullanıyorum. Şu gıcık siyaseten doğruluk teranesi çıkmadan çok önce Chicago'dan almıştım. Militan bir kürk karşıtı bana saldırmaya kalkışırsa, deyim yerindeyse onu gözlerimle yutarım. Neyin ne olduğunu anlar böylece. Teşekkürler. Paltonun yenini koluma tutar mısın?"

"Gerçekten kürk karşıtlarının saldırısına uğradın mı yani?"

"Maalesef hayır. Asla gulyabani numarasını yapma fırsatı yakalayamadım. Atkımı uzatır mısın? Paltoyla aynı kancada asılı olması lazım."

"Evet, burada. Al."

"Teşekkürler."

"Baston almıyor musun?"

"Bastonum sensin. Hazır mıyız?"

"Evet."

"Kapıyı açar mısın?"

"Sana demiştim, John, kör bir adama çobanlık etmek çocuk oyuncağıdır, hele böyle ıssız bir yerde. Sadece koluma gireceksin –yok öyle değil, böyle– tamam –ya konuşarak ya da koluma bastırarak– aslında başlangıçta her ikisi birden olsa daha iyi –önümde dikkat etmem gereken bir şey olup olmadığını belirteceksin. Mesela kaldırımdan inerken. Ya da kaldırıma çıkarken."

"Nasıl bastırayım? Şöyle mi?"

"Evet, iyi ama o kadar bastırmana gerek yok. Bir atı usulca yönlendirir gibi. At biner misin?"

"Hayır."

"Yazık. Neyse, dansta eşini yönlendirmeye benzer. Dans eder misin?"

"Maalesef. Buna da hayır demek zorundayım."

"Ne yapalım, hayalgücünü kullan. Ama gerçekten dikkat etmem gereken bir şey yoksa koluma bastırma sakın. İnsanın kafası karışıyor."

"Yok ama, demin kolunu sıkmamın nedeni önümüzde üç basamak olması. Aşağı doğru üç basamak var."

"Evet, evet onları biliyorum. Bu safhada, kendi bahçe patikamın sonundaki basamakların bana tekrar hatırlatılmasına ihtiyacım yok."

"Kusura bakma. Göründüğü kadar kolay değil."

"Haklısın. Sen de hiç fena gitmiyorsun. Bu arada John, 'görmek', 'bakmak' gibi ifadeler kullanmam seni şaşırtmasın. Sana bu kelimeleri seçmem tuhaf gelebilir ama körlerin zamanlarının ne kadar büyük bölümünü gözlerini dört açmaya harcadığını bilsen şaşarsın."

"Anlıyorum. Ama ben bir şey dememiştim."

"Düşündüğünü duydum. Daha önce de söylemiştim, unuttun mu?"

"Bayan Kilbride da benimle uğraşmana izin vermememi söylemişti, onu da hatırlıyorum."

"Kendi başının çaresine bakıyorsun. Peki. Sola mı sağa mı? Sağa herhalde. Köye."

"Kiliseye doğru mu gidelim?"

"İyi olur. Bu akşam hava nasıl? Berrak gibi geliyor bana. Yıldızlı filan."

"Öyle. Çok güzel bir gece. Köyün hemen dışında tarlalar başlıyor."

"Biliyorum."

"Onların hemen üzerinde dolunay yükseliyor, sisli sarı bir haleyle çevrili. Halenin sarısı adeta kirlenmiş."

" 'Sisli sarı bir haleyle çevrili dolunay.' Kulağa Japon filmi gibi geliyor, John."

"Japon filmi mi? Kusura bakma anlayamadım. Sinemaya fazla merakım yok maalesef."

"Önemli değil. Biraz fazla süslüydü. Doğrusunu söylemem gerekirse süslü ifadeler benim *péché mignon*'um olmuştur hep. Sadece... Aslında düşünüyorum da bu betimlemeyi kullanabilirim belki. Belli olmaz. Bir daha sefere yürüyüşe çıktığımızda yanına bir defter al da kitapta kullanılabilecek şeyleri not et. Doğrusu söylediğim her lafı gelecek kuşaklara aktarılacak paha biçilmez bir cevher olarak görmem. Ama dedim ya, insan zihnine bazı düşüncelerin nerede ve ne zaman geleceğini bilemiyor. İşe yarayıp yaramayacaklarına karar vermeden buharlaşıp gitmelerine göz yummak aptallık olur."

"Yani ilham diye bir şey var mı? Dikkat. Karşıdan karşıya geçmek için kaldırımdan iniyoruz."

"Teşekkürler. Şu kadarını söyleyeyim John, ilhamın eleştirel bir kavram olarak değeri yoktur. Doğrusu da bu. Yine de her sanatçı onun varolduğunu *bilir*. Öyle anlar vardır ki yazdığın şeyler *içine sinmez*, genelde okurun da içine sinmeyen o bölümlerdir. Ama tekrar ediyorum, ayla ilgili küçük esprim–"

"Kaldırıma çıkıyoruz."

"Önemsiz bir şeydi. Rica ederim hak ettiğinden daha ciddiye alarak kendini kandırma."

"Bence harika bir şey. Yani düşüncelerinin nasıl oluştuğunu görmek."

"Gerçek bir fikir bile sayılmaz. Ama mümkünse geri döndüğümüzde bunu hatırlamaya çalış. Sana bir defter veririm, not edersin. Şimdi neredeyiz? Dikkat etmedim de."

"Kilise avlusuna doğru yürüyoruz. Solumuzda bir bowling sahası var, bir de büyük, beyaz kulüp binası."

"Evet, köyün bowling sahası. Bir pazar ikindisi yolun buraya düşerse mutlaka buraya gelip kalın çoraplı, mazbut ayakkabılı hanımlar takımını seyret. Büyük, siyah, pürüzsüz bowling toplarının birbirine çarptıklarında çıkarttıkları ses yıpranmış sinirlere birebir. Denemelisin."

"Olabilir."

"Kilise tam karşımızda mı şimdi?"

"Evet."

"Dönemini tahmin edebiliyor musun?"

"Romanesk mi acaba?"

"Romanesk? Hiç sanmam. Ama mimariden hiç anlamam. Kilise avlusu bu saatte genelde kapalı olur, iyisi mi köyün ana yolundan gidelim, olmaz mı? Bir yandan da yorumları almaya devam edelim."

"Beni forma sokmaya kararlısın öyle mi?"

"Benim için bu, seni forma sokmaktan öte bir şey, John."

"Kaldırım."

"Teşekkürler. Her şeye rağmen yaşamak istiyorum. Kahretsin, hâlâ yaşamak istiyorum! Dünyada, gerçek dünyada yaşamak istiyorum! İnsanlar körlük ve sağırlık hakkında ne derlerse desinler beleşçilikle alakası yok."

"Körlükle sağırlık mı?"

"Hatırlıyorum –daha kaza geçirmemiştim– şimdi aynı iddiayı yüzüme karşı söylesinler de göreyim –akşam toplantılarında körlükle sağırlığın avantajlarından –tabii dezavantajlarından dabirbirleriyle kıyaslayarak bahsettiklerini hatırlıyorum. Sonuçta sağırların daha kötü durumda olduğunda fikir birliği ederlerdi. Hep o aynı bayat tezler. Sağırlar dünyadan kopuktur –muhabbet yok, müzik yok, Mozart yok– her nedense söyler söyler bestecilerden bir tek Mozart'ı söylerlerdi– körlerden çok daha fazla kopukturlar. Ne saçmalık! Ne boktan bir uydurmaca! Dünya, John, dünya görülmesi için vardır, bunun için *tasarlanmıştır! Görülmek* için! Dünyadaki her şey, hatta Mozart bile görülecek şeylerin yanında hiç kalır. Bunu artık çok iyi biliyorum."

"Bence de haklısın."

"Madem öyle bana o dünyayı anlatmanın, olabildiğince eksiksiz anlatmanın ne kadar önemli olduğunu anlamalısın. Biz körlerin sağırlara nazaran bir üstünlüğümüz var en azından. Mozart'ın bir piyano konçertosunu sağır birine tarif etmeye çalış bakalım."

"Şey... piyano konçertosuna ne kadar sağırsa benim tarifime de o kadar sağır olacaktır..."

"Aynen öyle."

"Bu köyü o kadar iyi tanıyorsun ki anlatmamın bir manası–"

"Öyle şey olur mu? Bir düşünsene. Eğer gözlerim sağlamken yürüyüşe çıkmış olsaydım yürürken etrafıma bakınırdım değil mi? Köyü ne kadar iyi tanırsam tanıyayım fark etmezdi. Ben gözlemlemekten hoşlanan bir adamım, John, oldum olası öyleydim. Artık hiçbir şey göremediğim için gözlemleme arzumu da kaybetmiş değilim."

"Haklısın. Madem öyle. Evet. Kiliseyi geçtik, şimdi bizi köyden dışarı çıkaran bir sokaktayız. Duvarlarda levha bulunmadığı için sokağın ismini söyleyemeyeceğim."

"Cumberland Sokağı. Ama mühim değil. Devam et."

"Şu anda kilise mezarlığının yanında yürüyoruz. Ay ışığında biraz tekinsiz ve gerçekdışı görünüyor, ileride British Legion kulübü var ve şimdiye kadar gördüğüm ilk dükkân. Sanırım hem manav, hem tütüncü, hem de postane olarak kullanılıyor. Vitrine bir sürü kartpostal konmuş. Satılık köpek yavruları var. İlgileniyorsan, Sealyham terrier cinsi. İkinci el Land Rover varmış. Amatör tiyatro topluluğu *Witness for the Prosecution* oyununu sergiliyormuş. Temizlikçi kadın ilanı da var."

"Bu olsa olsa bizim Bayan Kilbride'dır. Hep yeni müşteri arar."

"İsim verilmemiş. Sadece telefon numarası. Ama seçemiyorum."

"Boş ver boş ver. Onun numarasıysa zaten evde var. Değilse de kimin umrunda. Daha seçici olmayı öğrenmelisin. Bir taş yontucusu gibi malzemeye daha düzgün bir biçim ve yapı kazandırmaya çalış."

"Şimdi bir çay salonu önünden geçiyoruz. Bayan Effingham'ın Çayhanesi. Doğru yazılmış. Yanında ayakkabı tamircisine benzeyen bir dükkân var. Vitrinde bir örsle, birkaç çift kadın ayakkabısı duruyor. Çok tozlu görünüyorlar. Herhalde uzun zamandır oradalar. Çoğu kaba ayakkabılar. Sanırım ticarethanelerin sonuncusu bu. Yok, yanılmışım. Bu tarafta, sokağın sonunda ışıklı bir bina var –kaldırıma dikkat– bar ya da otel olabilir."

"İkisi de. Hayat belirtisi var mı?"

"Evet. Önünde küçük bir grup insan duruyor. Bir şeyler içmiş olacaklar. İki çift –orta yaşlı– orta yaşı geçmiş. İyi giyimli. Kadınlardan biri eldivenini giyiyor. Yan yana park edilmiş iki arabaya dayanmışlar. Arabaların yarısı kaldırımda, yarısı yolda. Biri Volvo sanırım, diğeri Bentley."

"Onlara doğru mu gidiyoruz?"

"Evet."

"Bak Paul, istersen hemen ileride sola sapan güzel bir sokak var –dar bir ara sokak– istersen oraya sapabiliriz. Bana geçen gün anlattıkların aklıma geldi de. Hani hayatının en kötü anlarından bahsetmiştin."

"Yok canım. Ne demek! Başımıza, başına böyle şeyler gelecek er ya da geç, şimdi, bu gece olsa da olur. Hem belki korktuğumuz başımıza gelmez. Her zaman olmuyor. Bırak yüzümü görsünler. En azından ben onların çirkin suratlarını görmek zorunda değilim."

"Peki. Madem öyle istiyorsun."

"Eeee?"

"Ne?"

"Hiç tepki gösterdiler mi?"

"Rica ederim gizli saklı olmasın. Dayanabilirim."

"Evet, tepki gösterdiler."

"Ne gibi?"

"Konuşmayı kestiler. Çok, çok sessizleştiler. Ama kadınlar seni kesin gördü. Yüz ifadelerini gördüm. İçlerinden biri kocasını dürtükledi."

"Bence hâlâ bizi seyrediyorlar Paul. Dört çift gözün kafamın arkasını deldiğini hissediyorum. Ya sen?"

"Sersem kancıklar."

"Üzgünüm."

"Artık alışmış olmam gerekirdi."

"Devam edelim mi Paul? Yoksa–?"

"Hı?"

"Devam etmek istiyor musun?"

"Evet, evet. Yolun sonuna kadar. Zaten köy de orada bitiyor. Sonra eve döneriz. John, senin için bir sakıncası yoksa betimleme faslını şimdilik bırakalım. Biraz sessiz yürüyelim."

"Eyvallah."

"Pardon."

* * *

"Ne? Kim o?"

"Tanrım, çok üzgünüm. İçeride olduğunu fark etmedim."

"Tanrı aşkına şu kapıyı kapar mısın!"

"Kapadın mı?"

"Evet. Evet, kapadım."

"Unutma tam kapamayacaksın!"

"Tamam. Unutmadım. Merak etme hafif aralık bıraktım. Paul gerçekten çok üzgünüm. Ne diyeceğimi bilmiyorum. Kapı açıktı ben de sandım ki–"

"Sana banyo kapısını hep açık bıraktığımı söylemiştim. Sana ilk söylediğim şeylerdendi."

"Biliyorum ama–"

"Aması maması yok. Klostrofobim olduğunu açıklamıştım. İster banyo yapayım ister sıçayım fark etmez. Hoş değil biliyorum ama açıklamıştım."

"Deminden beri söylemeye çalışıyorum, ışık sönük olduğu için banyonun boş olduğunu düşündüm."

"Ne dedin?"

"Işık sönüktü."

"Sönük müydü? Ama ışık yanıyor. Yakmıştım."

"Hayır, Paul, sönük. Bak. Şimdi kapıyı açıyorum, telaşlanma. Şimdi uzanıp ipi çekiyorum. İşte. Işık şimdi yandı. Yandı, söndü, yandı, söndü–"

"Evet, evet, tamam."

"Anlamıyorum. Bende tik halini almıştır. Banyoya *her* girdiğimde ışığı yakarım."

"Belki bu sefer unuttun."

"Asla unutmam. Belki de *sen* unutmuşsundur John."

"Ben mi?"

"Benden önce banyoya girmiştin değil mi? Yemekten hemen önce."

"Şey, evet. Evet, girdim."

"Belki çıkarken ışığı kapatmayı unuttun."

"Olabilir. Evet, öyle olmuş olmalı. Eğer öyleyse çok özür dilerim. Buna ne kadar önem verdiğini biliyorum."

"Olan olmuş artık. Aslında bu –bu can sıkıntısıyla ben de ışığı yakmayı unutmuş olabilirim."

"Yine de ben–"

"Tamam, zaten özür diledin. Hem bu *ziyadesiyle* itici bir konuşma. Sen kapının arkasında, ben pantalonum bileklerime düşmüş vaziyette burada. İstersen bunu burada hemen keselim. Beş dakika sonra banyo senin."

"Teşekkürler. Ama lütfen benim yüzümden acele etme."

"Etmem. Sabaha görüşürüz. İyi geceler John."

"İyi geceler, Paul."

* * *

Düşünüyorum da, genel olarak, ondan hoşlandım. Dikkatsiz, hatta sallapati, edebiyata hiç meyli yok, mükemmel de değil –ama insanın bir gazeteye ilan vererek mükemmeli elde etmesi zor zaten. Yine de işimi haydi haydi görür. Şu banyodaki sinir bozucu durumun altından da iyi kalktı neticede. Alametler iyi.

* * *

"Hazır mısın John?"

"Evet, her şey hazır. Mac homurdanıyor. Yeni bir dosya açtım. Adını *Hakikat* koydum."

"*Hakikat* mi?"

"*Hakikat ve Sonuçları*'nın kısaltması. Başlığın tümü fazla uzun olurdu."

"Anladım. *Hakikat* ha? Biraz fazla iddialı değil mi? Ama o kadar da kötü sayılmaz. *Hakikat* olsun bakalım."

"Tarih atayım mı?"

"Tarih mi? Evet, neden olmasın? '1999-Bahar' yaz."

" '1999 Bahar'. Tamam. Eee –tam olarak nasıl çalışacağız şimdi?"

"Bu kitap hem gerçek anlamda, hem de metaforik olarak

daha ziyade körlük hakkında olacak; niyetim bu konu üzerine bir dizi kopuk kopuk düşünceyle işe başlamak. Prelüd gibi bir şeyle."

"Yaa."

"Tuhaf şey. Körlük benim takıntılarımdan, imzamı taşıyan temalardan olmamıştır hiç. Hayat bu, belli olmuyor. Aniden önüne, daha önce olanların seni hiç hazırlamadığı bir doruk noktası çıkarıp atıyor."

"Mmm."

"Neyse, bu düşüncelerin ilki sadece körlük değil gözsüzlük üzerine odaklansın istiyorum. Bana öyle geliyor ki, anlatı kronolojisinin söz konusu olmadığı böyle bir kitapta metin için daha güçlü bir başlangıç noktası olamaz. Bu arada sana bir şey soracaktım John."

"Evet?"

"Senden not etmeni rica ettiğim şu küçük vecizeyi bir kenara yazdın mı?"

"Vecize mi?"

"Hani ayı bir Japon filminin adına benzetmiştim ya?"

"Aman Tanrım, hayır. Belli ki yazmamışım."

"Belli ki yazmamışsın. Baksana bana hatırlatmanı sana ben hatırlatıyorum. Lütfen şimdi bir kenara not et, bu akşam yürüyüşe çıktığımızda defteri yanına almayı da unutma."

"Peki. Gerçi o kadar da aylaklık yaptım sayılmaz. Bu sabah Mac'i kurarken *Notlar* diye bir dosya oluşturmanın iyi olacağını düşünmüştüm. Senin vecizeyi hemen şimdi yazıveririm. Bir saniyede şip şak."

"İyi fikir. Deyim yerindeyse *en route* gelebilecek herhangi bir şey için o dosyayı hazır tut. Bazen John, bir yazarın kelimeakışı sorunu denebilecek bir sıkıntısı olabilir. Bu nakit-akışı sorunu gibi bir şeydir ama burada para değil kelimeler söz konusu. Söyleyecek kelamı kalmadığı, yani *iflas ettiği* için düşmez bu duruma, sadece sözcükler gerektiği gibi kolaylıkla akmıyordur. Bazen notlara, hatta uzun zaman önce karalanmış notlara, insanın çoktan unuttuğu fikirlere bakmak özsularının yeniden harekete geçmesini sağlar. İnan bana ne dediğimi biliyorum. Tecrübeyle sabittir."

"Tamam. Oldu işte."

"Güzel. Şimdi çok iyi dinle, John. Şimdi adımımızı attığımız şey ikimiz için de kolay olacakmış gibi davranmayacağım. Hiç kolay olmayacak. Daha önce eserlerimi hiç dikte ettirmedim. Benim bestesini piyano başında yapmaktan hoşlanan bir yazar olduğum söylenebilir."

"Piyano mu?"

"Teşbih, John, teşbih."

"Ha."

"Yani eskiden daktiloda yazardım. Tıpkı piyano başında beste yapan besteciler gibi –aklıma Stravinsky geliyor meselazira parmaklarının tuşlarda dolaşmasının onlara fikir vereceğini düşünürlerdi – hem sadece fikir de değil, hemen hemen hiç üzerinde oynanması gerekmeyen tam tekmil cümleler. Yani –elbette Stravinsky'nin cümleler yazdığını söylemek istemiyorum– yazarlardan bahsediyorum, Stravinsky gibi yazarlardan, bir klavye başında beste yapmayı seven benim gibi yazarlardan. Aslında düşününce –yani söylediklerimi, söylemeye çalıştıklarımı– anlattıklarımın mükemmel bir örneği var. Bu cümlenin oluşumunu görseydim, bu kadar kafa karıştırıcı, böyle biçimsiz olmazdı. Yani –bu yüzden –ah, unuttum. Nerede kalmıştım?"

"Hep daktilo başında beste yaptığını söylüyordun."

"Evet. Artık klavyeyle bire bir ilişki içinde değilim, bu yüzden de bir nesne olarak harf fikrine, ayrı ayrı nesneler olarak, görebildiğim, hem sadece görmekle kalmayıp dokunabildiğim, hissedebildiğim, basabildiğim düğmeler olarak harfler fikrine uzak kaldığım için kendimi ayarlamam zaman alacak. Anlıyor musun?"

"Evet, tabii."

"Sigara içmeyi yeni bırakmış bir sigara tiryakisi gibi. Bir yandan nikotinin yokluğu var –sanırım en önemlisi bu– hiç denemediğim için bilemem. Ama öte yandan sigaranın eksikliği de var, parmakların arasında tutulan sigaranın, bir *destek* olan sigaranın eksikliği. Sigarasız bir tiryaki, John, süslü yüzükleri olmayan bir fahişeye benzer."

"Ah evet. Çok hoş."

"Hoş, değil mi? Yazsak mı acaba? Ama–"

"Kaydetmemi ister misin?"

"Düşündüm de yazma. Korkarım daha önce bir yerde kullanmıştım. Yani bir yazımda. Şimdi nerede ve ne zaman kullandığımı tam olarak hatırlamıyorum ama galiba –eminim– yok yok, boş ver. Uğraşma hiç."

"Sen bilirsin."

"Neyse, sana dikte ettirmeye başladığımda, bu birinci bölümü enine boyuna düşünmüş olmama rağmen, mutlaka karman çorman bir şey olacak. Sen de düşünürsen düşün, sık sık, ne demeli, düşüncelerimde kekelediğimi fark ediyorum ve bu kekelemeler ne kadar geçici de olsa katlanamıyorum. Ama bu konuda yapabilecek hiçbir şey olmadığı için şikâyet etmenin manası yok. Ama sen en iyisi ne söylüyorsam olduğu gibi yaz, tabii arada yapacağım bazı ufak –gerçi her zaman fazla ufak da olmayabilir– düzeltmeleri de geçirirsin. Sonra bir bölümü bitirdiğimizde, ben onun üzerinde çalışıp, derler toparlarım."

"Kulağa hoş geliyor."

"Ama sakın iş burada bitiyor zannetme. Gözden geçirmediğim tek bir virgül kalmayana kadar her pasajın üzerinden tekrar tekrar geçmek istiyorum. Anlıyor musun? Kör bir mükemmeliyetçi olmak kolay değil ama niyetim bu."

"Peki Paul, mükemmeliyetten söz etmişken..."

"Eee? Sözünü bitirsene."

"Belki önemli olmayabilir ama bir şey dikkatimi çekti, şey düşündüm de–"

"Çıkar şu baklayı ağzından."

"Kravatında bir leke var, belki bilmek istersin."

"Ne?"

"Kahve lekesi. Kahvaltıda kravatına kahve damlatmışsın."

"Ne? Aman Tanrım, lekelerden nefret ederim, nefret! Kör olsam da nefret ederim! Olamaz, olamaz. Kravatı hemen çıkartmam lazım. Söylediğin için teşekkürler."

"Ben de kararsız kalmıştım–"

"Sana lekelerden hiç söz etmedim –yani ilk konuştuğumuzda– çünkü genelde –genelde üstüme başıma çok dikkat ederim. Titizliğimden gurur duyarım. Tüh tüh. Neyse, olan olmuş. Alabilirsin."

"Peki, tamam. Teşekkürler."

"Kirli sepetine at. Ama hemen atmana gerek yok, kahve almaya giderken götürürsün. Yıkanabilir mi acaba?"

"Bilmem. Herhalde yıkanır."

"O kravatı gerçekten çok severim. Cerruti marka. Hatırladığım kadarıyla pek görülmüş bir şey değildi. O kadifemsi rengârenk kareler."

"Ne?"

"Ne?"

"Renkli kareler mi dedin?"

"Evet."

"Ama öyle değil."

"Ne demek öyle değil?"

"Yani üzerinde hiç kare yok. Kahverengi bir kravat, açık kahverengi, üzerinde koyu kahve çizgiler var. Verev çizgiler."

"Cerruti değil mi?"

"Etiketinde Stripes yazıyor."

"Stripes mı? Sadece Stripes mı?"

"Hı hı."

"Olacak şey değil. Benim böyle bir kravatım yoktu."

"Ama bunu takmıştın."

"Olamaz diyorum sana."

"Olsun Paul, ne önemi var? İşe iyi tarafından bak. En azından Cerruti'yi lekelemedin, öyle değil mi? Yani en sevdiğin kravatını."

"Sen beni dinlemiyorsun galiba. Benim kahverengi çizgili bir kravatım yok. Tekrar ediyorum, kahverengi çizgili kravatım yok. Bütün kravatlarımı gözlerim kör olmadan önce almıştım, hepsi gardrobumun içindeki özel bir askıda belli bir düzene göre asılı durur. Neyin ne olduğunu biliyorum. Öyle bir kravatı hatırlamıyorum hiç."

"Bu işin neden böyle olduğunu bilemeyeceğim ama eminim kafanı takmaya değecek bir şey değildir. İstersen daha sonra seninle birlikte kravatlarına bakıp her şeyi yerli yerine koymana yardım ederim. Ne dersin artık işe başlayalım mı?"

"Ne? Ha. Evet, evet, tabii. Kusura bakma. Öyle garip ki –Evet, kusura bakma."

"Tamam. Tamam, başlayalım. 'Ben körüm.' "

"Eee?"

"Yok, anlamadın. Kitabın ilk cümlesi bu olsun istiyorum."

"Anladım. Tamam, başlıyoruz. 'Ben körüm...' Nokta?"

"Cümle dedim ya demin. Şimdi noktalama işaretleriyle kafamı karıştırma. İçgüdülerine göre davran."

"Olur."

"Ben hazırım, Paul."

"Beni sıkıştırma. Üretkenliği düşürür. Söyleyecek bir şeyim olduğunda ilk sen öğreneceksin."

"Özür dilerim."

"Tanrı aşkına durmadan özür dileyip durma! Sinirimi oynatıyor!"

"Ah. Şimdi de özür dileme sırası bana geldi. Özür dilerim, John. Bu sabah biraz sinirlerim bozuk. Şu kravat meselesi. Beni neden bu kadar etkilediğini anlayamıyorum."

"Tekrar özür diliyorum."

"Kabul edildi."

"Sana kolay olmayacağını söylemiştim. Ben geçimli bir adam değilim, biliyorum."

"Olsun. Sıkma canını."

"Güzel. Hadi devam edelim. 'Ben körüm. Hiç görmüyorum. Gözlerim de yok.' Hızlı gidiyorsam söyle."

"Şimdilik sorun yok."

" 'Gözlerim de yok. Yani hilkat garibesiyim. Zira körlük gariptir, körlük gerçekdışıdır.' "

"Pardon, hem 'garip'ten hem de 'gerçekdışı'ndan önce körlük mü diyeceğiz?"

"Evet: 'körlük gariptir', virgül, 'körlük gerçekdışıdır.' Yok yok, çok berbat oldu –Tanrım, hiçbir şeye benzemedi."

"Bak John, söylediklerimi unut. Berbat da olsa devam et. Şikâyetlerimin hiçbirini dinleme. Ne söylersem söyleyeyim yazmayı sürdür. Kendi muhakemeni kullan."

"Tamam."

" 'Ama körlüğümden daha' –yazmaya başla bu arada– 'ama körlüğümden daha gerçekdışı bir şey var ki gözlerim olmadığı halde' –yok, 'bir şey var ki sadece görme duyumu değil gözlerimi de kaybettiğim halde görmeye devam' –'görmeye' kelimesini tırnak içine al– ' "görmeye" devam ediyorum. Gördüklerim' –tabii bu sefer tırnak işareti yok– 'gördüklerim bir "hiç" olabilir – 'hiç' derken yine tırnak olacak."

" 'Hiç' tırnak içinde mi?"

"Evet. 'Gördüklerim belki bir "hiç" olabilir' –tire– 'ama o "hiç" ' –tırnağa devam– 'paradoksal olarak betimlenemez bir şey değil' –olmadı, 'paradoksal olarak, benim betimleme gücümün ötesinde değil. Hiçbir şey görmüyorum, hiçbir şey görmüyorum yine de şaşırtıcı bir biçimde o hiçliği betimleyebiliyorum. Dünya, görmenin olmadığı dünya benim için kara ve kaba bir kumaş halini aldı, uzayın derinlikleri gibi karanlık ama bir şekilde, yine uzayın derinlikleri gibi içine nüfuz edilebiliyor. Tekrar ediyorum, onu gerçekten görüyorum. Yüzümün, eskiden gözlerimin olduğu yerinde derin bir içgüdü' –yok, 'unutulmaz bir içgüdü' –yok, yok 'derin ve unutulmaz bir içgüdü' – evet, 'derin ve unutulmaz bir içgüdü baki kalmış sanki. Şimdiden sonra tırnak işareti için 'TI' diyeceğim. Yazılarımda çok kullandığım bir noktalama işaretidir. Nerede kalmıştık?"

" 'Derin ve unutulmaz bir içgüdü kalmış sanki–' "

"Yanılmıyorsam ben 'derin ve unutulmaz bir içgüdü baki kalmış sanki' demiştim."

" 'Yüzümün eskiden gözlerimin olduğu yerinde derin ve unutulmaz bir içgüdü baki kalmış sanki–' "

"Virgül –'artık dünyaya "bakacak" –"bakacak" Tİ– 'gözlerim olmadığı halde' –korkarım burada biraz fazla tekrar oldu ama sonradan toparlarız– 'gözlerim olmadığı halde, bu içgüdü yüzümün diğer bölümlerine rastgele yayılmıyor. Hiçi hâlâ olmayan gözlerimle, sadece onlarla görüyorum' –"görüyorum" Tİ. 'Hâlâ birini selamlamak için başımı çeviriyorum, hem gündelik sosyal hayatın bezdirici gereklerine farkında olmadan boyun eğdiğim için değil'. Yok oradaki 'gündelik' hoşuma gitmedi onu 'yavan' yapalım."

"Neden?"

"Araya sosyal girince iyi olmuyor."

"Nasıl yani?"

"Gündelik hayat gibi olmuyor. Gerek yok."

"Peki. Şimdi yavan mı yazayım?"

"Y,a,v,a,n."

"Doğrusu pek kullandığım bir kelime değildir."

"Zaten senin kullanmana gerek yok. Devam ediyorum. Neydi –"yavan sosyal hayatın bezdirici gereklerine farkında olmadan boyun eğdiğim için değil, gözlerim olmadığı halde içgüdüsel, atalardan kalma bir görme refleksine sahip olduğum için. Kısacası bu kara kumaşı, uzayın derinliklerini görmeye' –Tİ, lütfen– 'devam ediyorum çünkü bir insan olarak görmemezlik edemem' –noktalı virgül– 'çünkü organlar yerinde bulunmasa bile görmek organizmanın bir işlevidir. İstesem de istemesem de görmek zorundayım' – 'zorundayım'ın altını çizsek iyi olur."

"Yani italik mi yapalım?"

"Yapabilir misin?"

"Elbette."

"Bilgisayar ekranında mı?"

"Elbette. Yaptım bile."

"Tanrım. Rüya gibi bir makine olmalı. Keşke görebilseydim. Neyse. Lütfen son kısmı bana tekrar okur musun?"

"Son kısım. Kısacası bu kara kumaşı, uzayın derinliklerini "görmeye" devam ediyorum çünkü bir insan olarak görmemezlik edemem; çünkü organlar olmasa bile görmek organizmanın bir işlevidir. Görmek *zorundayım*–"

" 'İstesem de istemesem de görmek *zorundayım*. Kendi kendini kaşıyan bir yara, uzuvları kesilenlerin kaybettikleri uzuvlara dikkat etmeleri' –yok, 'üzerine titremeleri' –'kaybettikleri uzuvların üzerine titremelerine benzer bir kaşıntı. Zira anlaşılan uzuv kaybının da bir etiketi var, fiziksel engelliler için Emily Postumsu' – 'Emily Post' artı 'umsu' , 'umsu'yu ayırma lütfen– "Emily Postumsu bir şunları yapmalı bunları yapmamalı listesi, tabii yapmamak gerekenler çoğunlukta. Mesela, bacağı kesik birinin yatağında, tam da bacağının olması gereken yere oturmamalı, mesela olmayan kolun havada kaplaması gereken yere tecavüz etmemeli, vs."

" 'vs' mi yazayım?"

"Evet, bildiğimiz kısaltma. Hepsini yazabiliyor musun?"

"Sanırım. Peki hâlâ birinci paragrafta mıyız?"

"Evet. Aslında, hayır. Düşündüm de, hayır. Şimdi yeni bir paragrafa geçelim. Ben sana gerektikçe belirtirim."

"Peki. Paragraf başı. Devam."

"Devam! Devam! Söylemesi kolay."

"Madem öyle devam etme."

" 'Burada' –devam ediyorum– 'Burada körlük meselesini aşan daha genel bir mesele var. Benim geçmişimde, ne zaman bir göz doktoru yüzüme fener tutsa' –yok, ı-ı-ı– göz doktorlarının kullandığı şu ince fenerlere ne denirdi?"

"Kalem fener mi?"

"Kalem fener, evet. 'Gemişte'–'"

"'*Benim* geçmişimde–'"

"'Benim geçmişimde ne zaman bir göz doktoru yüzüme kalem fener tutsa, ne zaman gözlerimi biraz uzun ve haşin kaşısam, onu görür gibi olurdum' –tire– 'ama tam olarak neyi?' Soru işaretini unutma. 'Tam olarak neyi? Retinayı mı? Gözyuvarının iç yüzeyini mi? Dış yüzeyini mi? Hangisiyse' –iki nokta üst üste– "kraterli, oluklu, ay yüzeyi gibi' –virgül– dur, dur, 'ay yüzeyi gibi'nin altını çiz."

"Tamam. Oluklu mu oyuklu mu?"

"Fark etmez. Sonra bakarız. 'Hangisiyse: kraterli, oluklu, ay yüzeyi gibi, bir günlük cılız bir kuş yavrusunun derisi gibi kırmızı ve çıplak, zevksiz, cam bir kâğıt ağırlığı gibi opak görünürdü, son derece sinir bozucu bir görüntüydü bu. Bana Walt Disney'in *Fantasia*'sındaki gayet bayağı *Sacre du Printemps* bölümündeki ilkel kasılmaları hatırlatırdı –dur 'gayet bayağı' lafını atalım, bu film eleştirisi değil. 'Bana her şeyden çok gözlerin bedenin iki ayrı bölümü olduğunu, kaybedilebilecek, kırılabilecek, çatlayabilecek birimler, şeyler' –'şeyler' italik olsun– olduğunu hatırlatırdı."

"Sıralama kaybedilebilecek, çatlayabilecek, kırılabilecek şeklinde olsa daha iyi olmaz mı?"

"Neden?"

"Sanki ciddiyeti azalıyor gibi, 'çatlamak' kuşkusuz 'kırılmak' kadar ciddi değil."

"Haklısın, haklısın. İyi yakaladın, John. Yazmaya devam."

"Hizmette sınır yoktur."

"Devam ediyorum: 'Gözlerin yerlerinden çıkarılabileceğini, avuçta tutulabileceğini, hatta yuvarlanabileceğini bilirdim. Aslında bir değil iki gözüm olduğu, özellikle bunun üzerinde düşünmüyorsam –'düşünmüyorsam' Tİ– hiç aklıma gelmezdi. Beynimin içinde bir Tepegöz'düm' –T harfi büyük, noktalı virgül– 'algıladığım şekliyle tek gözüm, dünyanın hem izleyicisi hem ekranıydı' –noktalı virgül– 'yüzleştiğim ve denetlediğim –yani denetlemeye çalıştığım dünya' –'yani'den önce tire var– 'elle tutulur bir biçimde gözün içindeydi' –aç parantez– '(göz yoksa dünya da yoktur)' –parantezi kapa, nokta. 'Bu durumda göz, sonuç itibariyle yukarıda sözünü ettiğim o camdan kâğıt ağırlığıydı sadece –' Dur, ama dur. Yaptım mı?"

"Ne yaptın mı?"

"Camdan bir kâğıt ağırlığından bahsettim mi?"

"Nımnımnımnımnım. Evet, etmişsin: 'zevksiz, cam bir kâğıt ağırlığı gibi opak görünürdü.'"

"Tabii ya. Devam ediyorum. 'Bu durumda göz, sonuç itaberiyle yukarıda sözünü ettiğim o camdan kâğıt ağırlığıydı sadece, ama bu küçük küre içinde nostaljik bir Noel manzarası yerine yerine' –aç parantez– '(hani ters çevirince yumuşak bir kar yağar' –kapa parantez– 'dünyanın kendisini içinde barındırırdı'. Paragraf. 'Ama gerçekten de görüyor muydum onu' –'görüyor' Tİ– 'kendi gözümü gerçekten görüyor muydum? Bir göz kendi kendini görmeyi nasıl başarır? Nasıl içine bakar, deyim yerindeyse nasıl kendine gönderme yapar? O zaman da miyoptum, o zaman da dış dünyayı camların ardından görürdüm. Yine de mucize eseri, bu ay yüzeyini, normal bir görme duyusuna sahip herkes kadar net görebilirdim. Peki onu neyle görüyordum' –'neyle'nin altını çiz, soru işareti. 'Peki onu *neyle* görüyordum? Kuşkusuz daha önce de sözünü ettiğim, insanın görme organlarına sahip olmasından öte bir şey olan o içgüdüsel, atalardan kalma görme refleksiyle.'"

"Paul? Biraz ara vermek ister misin?"

"Neden sordun?"

"Dikkatin biraz dağıldı gibime geldi."

"Bir kitabı dikte ettirmenin benim için ne kadar zor olacağını söylemiştim. Düşündüğümden de zorlu çıktı. Domuz gibi terliyorum. Gömleğimin yakası ıslandı. Neden böyle terliyorum?"

"Kısa bir ara verelim mi? Kuşluk arası."

"Evet. Evet, John, ara versek iyi olur. Ama bir yıl içinde bitirmek istiyorsak fazla ara vermemeliyiz."

"Haklısın. Kahve getireyim mi?"

"Yazdırdıklarım kulağına nasıl geldi?"

"Doğrusu, yazmakla o kadar meşguldüm ki anlamaya çalışmadım."

"Kusura bakma, ama kendimi en kötü ihtimallere hazırlamam lazım. Bana baştan okur musun?"

"Hepsini mi?"

"Kokteyl piyanistlerinin dediği gibi, baştan sona. Ağır ve açık seçik. Ne düşünürsem düşüneyim, dinlerken istersem kendimi ölüyormuş gibi hissedeyim, sana söz, araya girmeyeceğim. Sonra ara veririz. Anlaştık mı?"

"Anlaştık. Pekâlâ başlıyorum. 'Ben körüm. Hiç görmüyorum. Gözlerim de yok."

"Biraz daha yavaş."

"Pardon. Tamam. Ben körüm hiç görmüyorum. Gözlerim de yok. Yani hilkat garibesiyim. Zira körlük gariptir, körlük gerçekdışıdır.'"

"Tanrım, çok kesik kesik. Kısa kısa bir sürü cümle. *The Daily Express*'in başlıkları gibi."

"Paul araya girmeyeceğine söz vermiştin."

"Kusura bakma, öyle basit ki."

"Karmaşıklaştırmak için bol bol zamanın olacak."

"Mmmm. Bunu senin kastettiğini umduğum manada alıyorum. Tamam, devam et. Başka bir şey demeyeceğim."

"'Ben körüm. Hiç görmüyorum. Gözlerim de yok. Yani hilkat garibesiyim. Zira körlük gariptir, körlük gerçekdışıdır. Ama körlüğümden daha gerçekdışı bir şey var ki sadece görme duyumu değil gözlerimi de kaybettiğim halde 'görmeye' devam ediyorum. Gördüklerim belki bir 'hiç' olabilir –ne de olsa körüm– ama o 'hiç' paradoksal olarak, benim betimleme gücümün ötesinde değil. Hiçbir şey görmüyorum yine de şaşırtıcı bir biçimde o hiçliği betimleyebiliyorum. Dünya, görmenin olmadığı dünya benim için kara ve kaba bir kumaş halini aldı, uzayın derinlikleri gibi karanlık, ama bir şekilde, uzayın derinlikleri gibi içine nüfuz edilebiliyor. Tekrar ediyorum, onu gerçekten görüyorum. Yüzümün eskiden gözlerimin olduğu yerinde derin ve unutulmaz bir içgüdü baki kalmış sanki, artık dünyaya 'bakacak' gözlerim olmadığı halde bu içgüdü yüzümün diğer bölümlerine rastgele yayılmıyor. 'Hiçi' hâlâ olmayan gözlerimle, sadece onlarla görüyorum. Hâlâ birini selamlamak için başımı çeviriyorum, hem yavan sosyal hayatın bezdirici gereklerine farkında olmadan boyun eğdiğim için değil, gözlerim olmadığı halde içgüdüsel, atalardan kalma bir görme refleksine sahip olduğum için. Kısacası bu kara kumaşı, uzayın derinliklerini 'görmeye' devam ediyorum çünkü bir insan olarak görmemezlik edemem, çünkü organlar yerinde bulunmasa bile görmek organizmanın bir işlevidir. İstesem de istemesem de görmek *zorundayım.* Kendi kendini kaşıyan bir yara, uzuvları kesilenlerin kayıp uzuvlarının üzerine titremesine benzer bir kaşıntı. Zira anlaşılan uzuv kaybının da bir etiketi var, fiziksel engelliler için Emily Postumsu bir şunları yapmalı bunları yapmamalı listesi, tabii yapmamak gerekenler çoğunlukta. Mesela, bacağı kesik birinin yatağında, tam da bacağının olması gereken yere oturmamalı, mesela olmayan kolun havada kaplaması gereken yere tecavüz etmemeli, vs.

"'Burada körlük meselesini aşan daha genel bir mesele var. Benim geçmişimde ne zaman bir göz doktoru yüzüme kalem fener tutsa, ne zaman gözlerimi biraz uzun ve haşin kaşısam, onu görür gibi olurdum – ama tam olarak neyi? Retinayı mı? Gözyuvarının iç yüzeyini mi? Dış yüzeyini mi? Hangisiyse: kraterli, oluklu, *ay yüzeyi* gibi, bir günlük cılız bir kuş yavrusunun derisi gibi kırmızı ve çıplak, camdan zevksiz bir kâğıt ağırlığı gibi opak görünürdü, son derece sinir bozucu bir görüntüydü bu. Bana Walt Disney'in *Fantasia*'sındaki *Sacre du Printemps* bölümündeki ilkel kasılmaları hatırlatırdı. Bana her şeyden çok gözlerin bedenin iki ayrı bölümü olduğunu, kaybedilebilecek, çatlayabilecek, kırılabilecek birimler, *şeyler* olduğunu hatırlatırdı. Gözlerin yerlerinden çıkarılabileceğini, avuçta tutulabileceğini, hatta yuvarlanabileceğini bilirdim. Aslında bir değil iki gözüm olduğu, özellikle bunun üzerinde 'düşünmüyorsam' hiç aklıma gelmezdi. Beynimin içinde bir Tepegöz'düm, algıladığım şekliyle tek gözüm, dünyanın hem izleyicisi hem ekranıydı; yüzleştiğim ve denetlediğim –yani denetlemeye çalıştığım dünya elle tutulur bir biçimde gözün içindeydi (göz yoksa dünya da yoktur). Bu durumda göz, sonuç itibariyle yukarıda sözünü ettiğim o camdan kâğıt ağırlığıydı sadece ama bu küçük küre içinde nostaljik bir Noel manzarası yerine (hani ters çevirince lapa lapa kar yağar) dünyanın kendisini içinde barındırırdı.

"'Ama gerçekten de 'görüyor muydum' onu, kendi gözümü gerçekten görüyor muydum? Bir göz kendi kendini görmeyi nasıl başarır? Nasıl içine bakar, deyim yerindeyse nasıl kendine gönderme yapar? O zaman da miyoptum, o zaman da dış dünyayı camların ardından görürdüm. Yine de mucize eseri, bu ay yüzeyini, normal bir görme duyusuna sahip herkes kadar net görebilirdim. Peki onu *neyle* görüyordum? Kuşkusuz daha önce de sözünü ettiğim, insanın görme organlarına sahip olmasından öte bir şey olan o içgüdüsel, atalardan kalma görme refleksiyle.'"

"Canını sıkmak istemem ama John bir şey eklemek istiyorum. 'İstesem de istemesem de görmek *zorundayım*' cümlesine bir eklemede bulunmak istiyorum –parantez içinde– şöyle bir şey olabilir 'Adamın gözleri kapalıyken bile görebildiğini okur gözlerini kapatıp kendisi de keşfedebilir' –görebilir tırnak içinde – 'hem gördüğü hiçbir şey olmasa bile.' –parantezi kapa."

"Hemen şimdi mi ekleyeyim?"

"Evet."

"Peki. Tekrar söyleyebilir misin, ama biraz daha yavaş."

"'Adamın gözleri kapalıyken–'"

"Bir dakika, yerini bulmam lazım."

"Buldum. Başla."

" 'Adamın gözleri kapalıyken–' "

"Pardon."

"Bu sefer ne oldu?"

"Şey, 'Adam ya da kadın' demek istemediğinden emin misin?"

"Tanrı esirgesin! Şu siyaseten doğruculuk martavalına esir olmayacağımı sana baştan söylemiştim–"

"Tamam, tamam. Devam et."

"Adamın gözleri sımsıkı kapalıyken bile görebildiğini –Tİ– okur gözlerini kapatıp kendisi de keşfedebilir, hem gördüğü hiçbir şey olmasa bile."

"Parantezi kapatayım mı?"

"Kapat. Tüh, şimdi fark ettim. Aynı cümlede iki 'bile' oldu. *Sacre du Printemps*'ı nasıl yazdığını düşünmek de tüylerimi diken diken etti. Neyse, moladan sonra tekrar bir bakarız. Uzunluğu ne kadar oldu acaba? Tahminen sekiz yüz kelimeden azdır. Yediyüz elli filan."

"Bir saniye beklersen sana tam rakamı verebilirim."

"Ne? Bana matematik dehası olduğunu söyleme sakın. Nasıl derler? Idiot savant filan mısın?"

"Elbette hayır. Mac'ten kaç kelime yazıldığını öğreniyorum."

"İnanılmaz. Yapamayacağı bir şey yok mu bunun?"

"Bir iki şey vardır herhalde. İşte. Yedi yüz yetmiş beş kelime. Başlığı ve tarihi saymazsak yedi yüz yetmiş."

"Yedi yüz yetmiş öyle mi?"

"Doğrusu çok isabetli bir tahminde bulunmuşsun."

"Benim kadar uzun zaman kelimelerle uğraştın mı bu tip şeyler içgüdüsel bir hal alıyor."

"Ee Paul? Memnun musun?"

"Ne düşündüğümü bilmiyorum. Öğleden sonra bütün yazdıklarımızı atmaya karar verebilirim."

"Ne!"

"Dalga geçiyorum, John, şaka. Sen yine de hazırlıklı ol. Er ya da geç, hem birden de fazla böyle bir şeyin olması kaçınılmaz. Okur kitabın bazı sayfalarını atlıyorsa bunun nedeni yazarın kendisinin o sayfaları atlamamış olmasıdır. Kim demişti –Oscar Wilde mı? Flaubert mi?– hani bütün sabahını bir virgül koymakla, bütün ikindisini de onu silmekle geçirmiş ya, işte o şaka değil. Sen de benim gibi bununla yaşamayı öğreneceksin."

"Eminim zamanla öğrenirim. Bu arada kahveye ne dersin? Ya da daha kuvvetli bir şey tercih edersin belki. Bir kadeh şarap ister misin?"

"Yok, yok. En iyisi kahve. Bir yazar hem içki içip hem de yazamaz. İçkili araba kullanmak kadar tehlikelidir."

"Ciddi mi? Ya Hemingway? Charles Bukowski?"

"Bukowski beş para etmez."

"Ya Hemingway?"

"Sence ben öyle bir yazar mıyım John? Bıçkın? Haşin? Su gibi viski içen biri miyim?"

"Ben kahveyi yapayım."

* * *

"Eee?"

"Tanrım, bu çok büyük bir dolap. İnsan içine girebiliyor."

"Farkındayım. Kravatlar ne alemde?"

"Burada bir sürü kravat var."

"Biliyorum da Cerruti aralarında mı?"

"Pardon. Tekrar tarif etsene."

"Kadife. Üzerinde renkli kareler var. Markası Cerruti. Ya da Cerruti 1880. Ya da 1885. Öyle bir şeydi işte, unuttum. C,e,r,r,u,t,i."

"Tek tek bakıyorum tamam mı? Hayır. Hayır. Hayır. Hayır. Burada bir Cerruti var! Yok, bunun deseni spiral. Ama güzel kravat."

"John, dikkatini esas aradığımız şeye versen iyi olacak."

"Veriyorum."

"Vermiyorsun. Ben de anlıyorum. Ama senin de anlaman

gereken bir şey var, mühim olan kravatın kendisi değil. Kazadan beri –yani kendimi hale yola sokmaya başlayalı beri– gözlerim olmadan dünya labirentinde –çünkü senin de bildiğin gibi dünya benim için tam bir labirent– yolumu bulmayı öğrendim ama bu dünya herhangi bir sebeple değişecek olursa benim elim kolum bağlı kalır. Hiçbir şey yapamaz olurum. Mesela bizim Bayan Kilbride ortalığı temizledi mi her sandalyeyi, her abajuru, hatta her kürdanı bulduğu yere geri koyması gerektiğini bilir. Ne bir santim sağa ne bir santim sola. Yoksa, senin de gördüğün gibi ben gerçekten körüm."

"Paul, kusura bakma ama sen konuşurken dolaptaki bütün kravatlara baktım, Cerruti marka tek kravat demin sözünü ettiğim kravat. Üzgünüm."

"Ama bu çok –çok olağandışı. Neye inanacağımı bilmiyorum."

"Bayan Kilbride sana haber vermeden kravatı kuru temizlemeye götürmüş olabilir mi?"

"Gülünç olma. Daha demin söyledim. Benden izin almadan hiçbir şeye elini bile sürmez."

"Madem öyle belki de çalınmıştır."

"Çalınmak mı? Cerruti marka bir kravat mı çalınacak? Olacak şey değil. Kim çalmış olabilir? Buraya Bayan Kilbride'dan başka kimse gelmez, bir de –sen daha tanışmadın biliyorum– Joe Kilbride, ama onun Cerruti kravatıma tamah edebileceğini kesinlikle düşünemiyorum. Elbette çalınmadı. Yere filan düşmüş olmasın?"

"Baktım, yok."

"Belki bir şeylerin arkasına filan sıkışmıştır."

"I-ıh."

"Tuhaf, gerçekten çok tuhaf. İnsanın huzurunu kaçırıyor. Sanki Tanrı'nın çeklerinden birini bozdurmaya kalkmışım da karşılıksız çıkmış gibi."

"Ha, John, bu son söylediğimi not etmeye zahmet etme. Daha önce kullandım. Hem de pek çok kereler."

* * *

Nerede bu kravat? Nerede? Bu kadar önemsiz bir şeyin sinirlerimi bu kadar bozması saçma ama bir tuğla olduğu yerden çekilirse bütün bina üzerime yıkılacakmış gibi geliyor. Bir şeyleri bilmemeye dayanamıyorum. Bütün böbürlenmelerime, atıp tutmalarıma rağmen gözlem gücümün hiç de o kadar kuvvetli olmadığını kabul etmeye zorluyor beni. Etrafıma ne kadar az baktığımı, dünyayı gerçekten ne kadar az gördüğümü kabul etmeye zorluyor. Hiçbir şeye bakmama, hiçbir şeyi görmeme gerek yoktu, oradaydılar zaten. Şimdi bir şeyin bir yerde olduğunu bilmiyorsam o şey orada değil ve bu önemsiz muamma, bir yerde olduğunu bildiğim kim bilir kaç şeyin aslında orada olmayabileceğini düşündürüyor bana. Tanrım.

* * *

"İçkini getirdim, Paul."

"Sek mi?"

"Elbette."

"Şerefe."

"Şerefe."

"Biliyor musun John?"

"Neyi?"

"Senin burada olman benim için çok iyi oldu."

"Çok naziksin."

"Nezaketten söylemiyorum. Hem sadece işi de kastetmiyorum."

"Teşekkür ederim. Memnun oldum."

"Ya sen? Burada olmak hoşuna gidiyor mu? Lütfen dürüst ol."

"Evet. Umduğum gibi heyecan verici."

"İyi gidiyor değil mi?"

"Bence öyle. Ama sadece kendi adıma konuşabilirim. Normalde dokuz günde ne kadar yapmayı beklerdin bilemiyorum."

"Doğrusu biraz daha fazla yapmayı beklerdim. Ama benim esas korkum bu koşullar altında hiç çalışamamaktı. Yine de birlikte iyi çalışıyoruz, değil mi?"

"Evet."

"Hatta şaşırtıcı ölçüde iyi."

"Kesinlikle."

"Sana karşı çok –demiryumrukla davranmadım ya?"

"Nasıl yani?"

"Astığı astık kestiği kestik."

"Beni uyarmıştın, Paul."

"Hadi ya, desene öyle davranmışım."

"Hayır. Hayır, aslında öyle değil. Doğrusu dünyanın en kolay geçinilen insanı değilsin. Öylesin desem yalan söylemiş olurum. Ama dediğim gibi beni başta uyarmıştın."

"Ya sonrası?"

"Sonrası yok."

"Ben de, bu kitapta benimle birlikte çalışmanın senin için bir ayrıcalık olduğunu söyleyeceğini ummuştum. Son ve kanaatimce en iyi kitabımda."

"Orası zaten öyle, Paul, söylememe gerek yok."

"Ya. Teşekkür ederim. Peki bugün günlerden ne?"

"Cuma."

"Cuma oldu demek. Yani yarın gideceksin."

"Evet, şehre gitmem lazım."

"Bir sakıncası yok ya Paul? Yani, hafta sonu döneceğim konusunda fikir birliğine varmıştık."

"Tabii, tabii."

"Yarın herhalde kahvaltıdan sonra–"

"Düşündüm de."

"Ne düşündün?"

"Tabii ne kadar meşgul olacağını bilmiyorum."

"Sanırım, epeyce iş birikmiştir. Eve gitmeyeli bir haftayı geçti. Cevap vermem gereken mektuplar, e-mail ve fakslar birikmiştir. Sen ne isteyecektin?"

"Bir iki saatlik boş vaktin kalırsa –ama gerçekten boş."

"Muhtemelen kalır."

"Kitabın ikinci bölümü için bir keşifte bulunmanı rica edecektim. Bu işi hafta sonu halledebilirsen, pazartesi ya da salı günü Londra'ya gitmekten kurtulursun."

"Tam olarak nasıl bir şey?"

"Yapacak iki iş var ama aynı bölgede. Hatta birbirine komşu yerlerde."

"Neden açık açık ne yapmamı istediğini söylemiyorsun?"

"National Gallery'de, Rembrandt'ın bir otoportresi var. Aslında iki tane var ama benim sözünü ettiğim, dünyada en sevdiğim resim. Şimdi üzerinde çalışmaya başlayacağımız bölümde ondan söz etmek istiyorum. Kısaca insanın kendi portresini yapmasıyla ilgili olacak, özellikle de bu insan körse. 'Anatominin Melankolisi' başlığını atmayı düşünüyorum."

"Ah ha."

"Pek isabetli değilmiş galiba."

"Pardon, ne?"

"Yok bir şey. Neyse şimdi fazlasıyla basitleştirerek anlatacağım tezim şu, büyük otoportreler kör biri tarafından yapılmış gibidir –Tanrım, bunu böyle koymak feci basmakalıp geliyor kulağa ama sende bir fikir uyandırmıştır belki."

"Sanırım. Benden ne yapmamı istiyorsun?"

"İstediğim o otoportrenin en ufak ayrıntısına kadar betimlenmesi. National Gallery'deki portrelerin daha eski olanı. Yani portre daha yeni ama Rembrandt o portrede gözle görülür ölçüde yaşlı. Yanlış hatırlamıyorsam ölmeden birkaç gün önce yapılmış. Hediyelik eşyaların satıldığı yerde bir kartpostalı olacaktı. Bulursan alıp getir. Bulamazsan resmi iyice inceleyip ayrıntılı not al. Anladın mı? Benim kopyalayabilmem için. Bir portrenin önüne geçip kopyasını yapan resim öğrencileri gibi. Ama bu kelimelerle yapılacak."

"Evet, yapabilirim."

"Düşündüm de kartpostalı bulsan bile tabloyu incelemeye biraz vakit ayırsan iyi olur. Fırça izlerini görürsün. Yarım saatten fazla zamanını almaz."

"Sorun değil."

"Bir şey daha isteyeceğim –ama neden diye sorma. Yine hediyelik eşya dükkânından bana bir Rembrandt yapbozu almanı istiyorum."

"Yapboz mu?"

"Müze koleksiyonundaki bazı resimlerin yapbozlarını sattıklarını biliyorum. Holbein'ın 'Elçiler'i vardı kesin. Galiba

Seurat'nın 'Banyo Alanlar'ı vardı. Bir de Crivelli'nin 'Aziz Emidius'la Birlikte Meryem'e Hamile Olduğunun Haber Verilmesi'. Rembrandt'ın tablolarından biri var mıydı hiç emin değilim. Patates burunlu, tuhaf bir ihtiyarın resminin olduğu bir yapbozu kim ne yapsın? Yine de bir bakar mısın?"

"İkinci rica bu muydu?"

"Hayır bu daha birinci. İkincisi –tam National Gallery'nin önünde Trafalgar Meydanı var elbette. Muhtemelen senin de bildiğin gibi meydanın dört köşesinin üçünde heykeller var. Yani Nelson Sütunu haricinde. Ortada değil, kenarlarda."

"Evet, tabii. O heykelleri biliyorum. Sadece üç tane var, dört değil, değil mi?"

"Kesinlikle. Şimdi –yine nedenini sorma– o heykellerle ilgili iki ayrıntıya bakmanı istiyorum. Birincisi, dördünden hangisi boş bir kaide? Sol üst köşedeki mi yoksa sağ alt köşedeki mi?"

"Sanırım bunun cevabını biliyorum. Sol üst köşedeki değil mi?"

"Hatırlayabilsem sana sormazdım. Mümkünse iki kere teyit et. Akşam yemeği muhabbeti için değil, kitap için. Kesinlikle doğru olmalı."

"Tamam."

"İkincisi, diğer heykeller kimlere ait? Üç isim. Bir tanesinin IV. George olduğundan emin gibiyim. Diğerlerini eskiden bilsem bile şimdi hatırlamıyorum. Bir de tabii, hangisinin hangi kaide üzerinde durduğuna bakacaksın."

"Hepsi bu mu?"

"Evet. Sadece Trafalgar Meydanı'na bir uğraman gerekecek. Ama daha önce de söylediğim gibi hafta sonu programını bozmamak şartıyla."

"Yok, bozmaz. Zaten etrafta dolanacağım. Hem benim için de iyi olur. Senelerdir National Gallery'ye gitmedim."

"Bu durumda tekrar ne zaman görüşeceğiz?"

"Yarın kahvaltıdan sonra çıkmayı, pazar akşamı ya da en geç pazartesi sabahı geri dönmeyi planlıyorum. Uygun mu?"

"Mükemmel. Çünkü pazartesi sabahı bir telefon konuşması yapmama yardım etmeni rica edeceğim. Ajansımı arayacağım."

"Peki. Zaten büyük ihtimalle pazar akşamı dönmüş olurum. Ama gecikirim. Beni bekleme. Kendim girerim."

"Oldu."

"Bir şey daha var, Paul."

"Ne?"

"Sence gitmeden önce bir çek almam gerekmiyor mu?"

"Çek mi?"

"Evet."

"Ama en azından başlangıçta avans almayacağın konusunda anlaşmıştık. Yani birbirimizden emin olana kadar."

"Bilgisayar için. Bilgisayarın parasını daha bana vermedin."

"Bilgisayarın parasını vermedim mi? Tanrım, haklısın. Kitaba o kadar daldım ki bilgisayarı tümüyle unutmuşum. Ne kadar da düşüncesizim. Tabii ki sana bir çek vereceğim, istersen hemen şimdi vereyim. Ama bozdurabilecek misin? Yani cumartesi günü."

"Sanmam."

"Eee, ne yapalım?"

"Pazartesi sabahı dönersem, Chipping Campden'deki bankada bozdurabilirim."

"Ama pazar akşamı döneceğini söylememiş miydin?"

"Madem öyle, hafta sonu kendi Barclays şubeme mail'le yollarım."

"Bu mümkün mü?"

"Tabii."

"Çeki vereceğim tabii, vermez olur muyum? Çek defterim yazı masasının çekmecesinde. Üst çekmece. Rica etsem–"

"Getirdim bile."

"Teşekkürler, John."

* * *

Dokuz gün. Dokuz gün geçti bile. John gelmeden önceki hayatımı, gündelik fasa fiso turumu hatırlıyor muyum hâlâ? Tabii canım, hatırlamaz olur muyum! Öyle bile olsa, John artık hayatımın bir parçası olmadığında o hayata dönmekte zorluk çekeceğim. Hep yalnız ya-

şamayı tercih ettim, evet, doğru ama yalnız bir insan yalnızlığı seçmiş bir insandır –yalnız bırakılmaktan ziyade yalnız kalmayı tercih eder. Yalnız olmakla, yalnız bırakılmayı istemek arasında büyük fark var; belki de bir mazoşiste tam da arzuladığı o eşsiz acıyı vermekle, kabaca canını acıtmak arasındaki fark gibi. Neyse, daha çok erken.

* * *

"Caz! Caz! Caz!

"Kreol yemekleri demeyin bana,
Antoine'de yemek istemem, ne de Vieux Carré'da!
Tek isteğim methüsena
Bir nefes Armstrongiana
Bizim Lousiana'nın sevgili evladı Louis'den!

"Caz! Caz! Caz!

"Müzik sanki Skarlatti
Manhattan adasında
Ritimler bezmiş zevku sefadan
Bluzi, cazi,
Razamatazzi
'Rhapsody in Blue' sanki!

"Caz! Ca–"

"Hu hu?"

"Kim o?"

"Kim var orda? Birisi mi var?"

"Ryder sen misin?"

"John? Sen misin? Orada mısın? Orada biri mi var?"

***

"Günaydın Paul. İyi uyudun mu?"

"Hayır, uyuyamadım."

"Yazık. İnşallah ben uyandırmadım? Mümkün olduğunca sessiz davranmaya çalıştım."

"Söylesene geldiğinde saat tam olarak kaçtı?"

"Geç olmuştu. Gece yarısını geçmişti. Bire geliyordu. Notting Hill'de bir arkadaşımla yemek yedim sonra doğru buraya geldim."

"Yani on bir gibi gelmedin mi?"

"Dün gece mi?"

"Tabii, dün gece on birde! Başka ne zaman olabilir?"

"Tamam, söylenme. Sana bekleme demiştim."

"Beklemedim. Ben –şey kusura bakma John. Bu sabah canım çok sıkkın. Tuhaf bir deneyim yaşadım."

"Neden, ne oldu?"

"Hiçbir şey. Söyleyince kulağa çok aptalca geliyor."

"Anlatsana."

"Boş ver, bu konuyu kapatalım. Herhalde hayal gördüm. Bazen yaparım. Senden istediğim bilgileri toplayabildin mi?"

"Kartpostalı aldım. Her ihtimale karşı üç tane aldım. Yapbozu da aldım."

"Yapboz var mıydı? Yani Rembrandt'ın otoportresi."

"Evet."

"Ciddi mi? Çok şaşırdım."

"Senin dediklerinin yanına bunu da koymuşlar."

"Bunu hiç beklemiyordum. Senden kartpostallardan birini yapboz şeklinde kesmeni rica edecektim."

"Kusura bakma ama bunu neden istediğini bilmiyorum. Bana yapbozu ne yapacağını hiç anlatmadın. Bu arada fincanını tekrar doldurayım mı?"

"Teşekkürler. Bir tane şeker yeter."

"Pekâlâ."

"Tamam. Şu yapboz işi nedir?"

"Bir şey çıkar mı çıkmaz mı bilmiyorum. Senden gözler hariç

yapbozun bütün parçalarını yerine koymanı isteyecektim –daha doğrusu sefer başarıyla sonuçlandığına göre *istiyorum*. Gözleri olmayan bir otoportre. Anladın mı? O minval üzre bir şeyler işte."

"Anladım."

"Dedim ya bir şey çıkar belki. Trafalgar Meydanı nasıldı?"

"Bak o çok ilginçti."

"Ya?"

"Üç heykelin kimliklerini bulmakta hiç zorluk çekmedim. Dur bir dakika. Notlarım buralarda bir yerde olacak. Yoksa kahvaltıdan sonra mı okuyayım?"

"Yakında bir yerdeyse şimdi okumanı tercih ederim."

"Buradalar işte. Biraz kırışmış ama okunuyor. Tamam. Trafalgar Meydanı'nın sağ üst köşesindeki heykel senin tahmin ettiğin gibi IV. George."

"Ah ha."

"Sağ alt köşede Tümgeneral Sir Henry Havelock, K.C.B., artık bu harfler ne manaya geliyorsa. Kralın bir şeyleri filan olsa gerek."

"Bilmiyorum. Devam et."

"Kaidenin üzerine bir sözünü alıntılamışlar, 1857 Hindistan Seferi'nde söylemiş. Okumamı ister misin?"

"Evet."

"'Askerler!'"

"Rica ederim, John, daha önce de söylemiştim. Kendi sesinin kuvvetini bilmiyorsun."

"Pardon. 'Askerler. Emekleriniz Mahrumiyetleriniz Istıraplarınız ve Cesaretiniz Minnettar Ülkeniz tarafından unutulmayacaktır.'"

"Pöh! Mahrumiyetlerle, ıstırapları nasıl da cesaretin üzerine koyuyor fark ettin mi? Tipik asker ikiyüzlülüğü. Kana susamış bir kasaptı muhtemelen."

"Sol alt köşe Charles James Napier'e ait. Bu isim bana bir şey hatırlatıyor sanki."

"O da general."

"Sahi mi? Bana bilim adamı gibi gelmişti. Doğum ve ölüm tarihlerini yazmışlar, MDCCLXXXII - MDCCCLIII. İstersen senin için bunları hesaplayayım."

"Uğraşmaya değmez. Demek senin tahmin ettiğin gibi boş kaide sol üst köşedeymiş."

"İşte işin ilginç tarafı buydu, Paul. İnsan bazen etrafında olup biteni takip edemiyor, hem de şey olmasa bile–"

"Nesi ilginçmiş?"

"Artık kaidenin üzeri boş değil."

"Ne!"

"Bazı planlar yapıldığını duyar gibi olmuştum ama bunların gerçekleştirildiğini bilmiyordum."

"Sen neden bahsediyorsun?"

"Üzerine yeni bir heykel dikmişler."

"Heykel mi? Kimin?"

"Sence kim olabilir?"

"John, hiç oyun oynayacak havada değilim."

"Diana!"

"Kim?"

"Diana. Prenses Diana? Paris'te bir araba kazasında ölmüştü ya. On sekiz ay kadar önce."

"Bilgilendirdiğin için teşekkür ederim John ama Diana'nın öldüğünün farkındayım. Körüm ben sağır değil. Bütün kâinat ağladığında ben bile farkına varıyorum. Ama bu anlattıkların da ne demek oluyor? Şimdi Trafalgar Meydanı'nda Diana'nın bir heykeli mi var?"

"Doğru."

"Ama bu inanılmaz. Böyle bir canavarlığa nasıl izin verirler?"

"Anladığım kadarıyla memleket çapında bir –ne derler?– referandum gibi bir şey yapmışlar ve Diana birinci gelmiş."

"Yaa!"

"Doğrusu afalladım John. Burada herkesten öyle uzak kaldım ki iyice münzeviye döndüm galiba."

"Bu işi çok hızlı halletmiş olmalılar. Ben bile bilmiyordum."

"Neye benziyor?"

"Heykel mi? Maalesef korkunç bir şey. Dimdik bir baş, rüzgârda savrulan saçlar, bacakların etrafında kabaran etekler. Kollarında da bir bebek tutuyor."

"Kendininkilerden biri mi?"

"Nasıl yani?"

"Bebek, diyorum, bebek! Kendi çocuklarından biri mi? Yoksa Afrikalı bir bebek filan mı?"

"Bence Afrikalı. Ya da Hintli. Merhamet meleği Diana şeklinde bir imge yaratılmış. Kalküta'nın Diana Anası."

"Yazık oldu. Benim küçük oyunum da güme gitti."

"Nasıl bir oyundu bu?"

"Boş kaideden simgesel bir mana çıkarabileceğimi düşünmüştüm. Belki artık dolmuş olması da işe yarayabilir. Yoksa biraz aşırı iddialı olma riski vardı."

"Baksana Paul–"

"Evet?"

"Fikrim sana saçma gelirse hiç duymamış ol."

"Tamam."

"Diana'nın heykelinin sembolizmiyle bir şeyler yapamaz mısın?"

"Ne demek istiyorsun?"

"Kaza... araba kazası... yani hem sen hem de o..."

"Baksana John, bu hiç de fena fikir değil."

"Teşekkürler. Sana biraz şey gelebilir diye korkmuştum."

"Biraz fazla kaba olur diye mi düşündün? Yok, bence öyle değil. Yani benim ele alacağım şekliyle öyle olmaz. Hatta akıllarda yer edebilir. Sonra –tabii ya, evet!– hiç yayımlamadıkları şu makaleyi de kullanabilirim."

"Pardon, hangi makaleyi?"

"Birkaç yıl önce şu Diana kültüyle ilgili bir şey yazmıştım. *The Sunday Times*'ın angut editörü fazla 'edebi' diye yayınlamadı. Herhalde edebi olacak! Edebiyat yapmamı beklemiyorsa neden benden makale yazmamı istiyor?"

"John?"

"Pardon. Dalmışım."

"Malum ya John, kör bir adamın yanındayken fazla sessiz kalmamaya özen göstermelisin. Körler sessizliği fazlasıyla ciddiye alır. Her birini –yani her sessizliği– mesela senin yemek yerken duyduğun rastgele bir sözü yorumladığın gibi yorumlarlar. 'Bununla tam olarak ne demeye çalıştı?' diye düşünürsün. Bütün akşam aklını kurcalar durur. Ertesi sabah uyandığında da kafanda bu vardır. Kör bir adam için de sessizlik aynen böyle bir şeydir. Zaman zaman –aslında biraz fazlaca sık– Charles, sevgili dostum Charles yürüyüş yaparken aniden sessizliğe gömülürdü, aklından geçenleri bana anlatmasını sağlamaya çalışırken onunla çok fena kavga ederdim."

"Benim aklımdan geçeni söylemeye bir itirazım yok."

"Dinliyorum."

"Daha önce yazdığın bir makaleyi kullanmayı düşündüğünü söyleyince çok şaşırdım."

"Şaşırdın mı? Neden?"

"Şey. Ben bunu –üzerinde çalıştığımız bu kitabı– senin en şahsi kitabın olarak düşünüyordum, kendi ıstırabını, yalnızlığını anlattığın bir şey–"

"Evet, evet. Çıkar baklayı ağzından."

"Şimdi bunun içine daha önce yazdığın bir şeyi koymaya karar veriyorsun. Böyle bakınca bana biraz sinik bir hareket gibi geldi."

"Doğrusu naifliğin bana çok dokundu, John."

"Sence naif miyim?"

"Edebiyat mesleğine dair böyle romantik, yüce fikirlerin olması çok hoş. Yanılsamanı bozmaktan nefret ediyorum ama yazarların düşünebileceğin en çevre dostu mahluklar olduğunu söylemeden edemeyeceğim. Sürekli eserlerimizi yeniden dönüştürmenin yolunu ararız."

"Seneler önce yazdığın bir şeyi yeniymiş gibi sunmak biraz halkı kandırmak olmuyor mu?"

"Halk mı? Onlar da kim? Ne bilirler? Çocuklar bebeklerin dünyaya nasıl geldiğini düşünürlerse, halka da edebi eserlerin öyle meydana geldiğini düşünür. İnsanların çoğu kitapları leyleklerin getirdiğini zanneder."

"Kusura bakma, Paul. Ama bunu daha önce söylemişsin gibi geldi bana, neden acaba?"

"Valla John, bu biraz fazla olmaya başladı. Verdiğim ilanda, aradığım adayın kitabı nasıl yazacağım konusunda bana fikir vermesini istediğimi belirtmemiştim yanlış hatırlamıyorsam."

"Kusura bakma, kabalık etmek istemedim. Ama daha önce birkaç önerimi faydalı bulmuştun."

"Bunun bilinmesini mi istiyorsun? Sayfanın sonuna Diana fikrinin sana ait olduğunu belirten bir dipnot koymamı ister misin? Açıkçası bu fikrin o kadar eziyete değmeyeceğini düşünmeye başladım."

"Pekâlâ, Paul, başka bir şey söylemiyorum. Beni sekreterlik için tutmuştun ben de sadece dikte etme işine bakacağım."

"Bozulma, lütfen. Daha önce de söylediğim gibi John seninle birlikte çalışmaktan memnunum, hem de çok. Ama bu sefer sözlerini pek iyi tartmadın gibime geldi."

"Emin ol bir daha böyle bir şey olmayacak."

"Lütfen. *Lütfen*. Oflayıp poflama. Dayanamıyorum. Gel bu olanları unutalım. Aslında düşündüm de John, haklı olduğunu kabul etmem lazım. Tamam. Kabul ettim."

"Ne konuda?"

"Doğru söylüyorsun, böyle bir kitapta elden düşme bir şey kullanmamalıyım. Sinik. Hem sadece sinik de değil bozguncu. Hem makalenin havası kitaba hiç gitmeyecek. Gazeteye uygun bir şey, konuya fazla bağlı. Haksız sayılmazsın. Söyleyecek yeni bir şeyim yoksa böyle bir kitap yazmamalıydım. Özürlerimi kabul edecek misin peki? Bir kez daha?"

"Tabii ki."

"Güzel. Sanırım evveli gün sana ajansımı aramak istediğimi söylemiştim. Andrew'yla konuşmayalı asırlar oldu. Doğal olarak ona yeni kitap hakkında hiçbir şey söylemedim. Senden de haberi yok. Son zamanlarda pek görüştüğümüz yok."

"Yani kendi kendine telefon edemiyor musun?"

"Genelde bu işi Bayan Kilbride üstlenir. Hoş bu aralar pek telefon etmek gerekmiyor. Benim için numarayı çevirir misin?"

"Elbette."

"631.3341. Andrew Boles'u arıyoruz. Bir de John, çevirmeden önce–"

"Evet?"
"Sadece Andrew'yla konuşmak istiyorum. Sekreterle filan değil. Orada değilse telefonu kapa gitsin."
"Tamam."
"Bir şey daha var. Benim aradığımı söyleme."
"Söylemeyeyim mi? Kim arıyor diyeyim?"
"Görüşmeyeli o kadar uzun zaman oldu ki herhalde beni unutmuş, defterden silmiştir. Sürpriz yapmak istiyorum. Ama hoş bir sürpriz olur mu orasını bilemem."
"Anladım. Peki. Pardon, numara kaçtı?"
"6,3,1."
"Evet?"
"3,3,4,1."

"Çalıyor."

"Alo? Andrew Boles'la görüşebilir miyim lütfen?"

"Evet, alo. Andrew Boles'la görüşebilir miyim acaba?"

"Ya, öyle mi? Ne kadarlığına?"

"Anlıyorum."

"Yok. Hayır, döndüğünde ben tekrar ararım. Yine de teşekkürler."

"İyi günler."

"Yok mu?"
"Gitmiş."
"Gitmiş mi? Nereye?"
"Uzakdoğu. Hong Kong, Avustralya, sonra San Francisco ve New York üzerinden geri dönecekmiş. En azından iki hafta burada olmayacak."
"Ya. Olsun. En azından onunla konuştuğumuzda kitap gerçekten ortaya çıkmış olacak. Yine de kötü oldu. Onca seneden

sonra onu gafil avlamak hoş olacaktı. Neredeyse dört yıl oldu. Tanrım, oldu ya."

"Eee Paul, başlayalım mı?"

"Sanmıyorum, John. Yorgunum, çok çok yorgunum. Açıkçası bugün yapacağımız işi düşündükçe kendimi hiç hazır hissetmiyorum. Dün gece hiç uyuyamadım. Normalde bir bakışta bitkinliğimi anlardın. Mesela gözlerim kanlanmış olurdu. Ama bu sabah gerçekten de biraz dinlenmeye ihtiyacım var. Dinlenip düşünmeye. Senin için bir sakıncası var mı?"

"Elbette ki yok. Bu arada benim yapabileceğim bir şey var mı?"

"Evet, var. Bana Rembrandt'ı anlatabilirsin. Onun üzerine düşüneceğim. Önceden biraz hazırlık yapmadan metne balıklama giremem."

"Peki."

"Sonra ben dinlenirken belki sen de yapbozla uğraşabilirsin. Ne dersin?"

"İyi olur. Yeter ki sen çalışmaya hazır olana kadar bitirmemi bekleme. Yapboz yapmayalı çok zaman oldu."

"Zaten bitirmeni beklemiyorum. Ama ne kadar erken başlarsan o kadar çabuk biter."

"Haklısın."

"Şimdi Rembrandt'a gelelim mi?"

"Dur bir bakayım, her şeyi not almıştım. İşte. Tamam. Adı: 'Otoportre, Yaş–'"

"Altmış üç mü?"

"Doğru. Yapıldığı tarih–?"

"1669 muydu?"

"Bu da doğru."

"Ölümünden birkaç gün önce yapmış değil mi?"

"Hayır, maalesef. Birkaç ay önce. Dört ay önce."

"Dört ay mı? Emin misin?"

"Bütün bu bilgileri duvardaki levhadan aldım."

"Dört ay öyle mi? Halbuki ben birkaç gün olduğuna emindim."

"Öyle değilmiş. Devam edeyim mi?"

"Lütfen."

"Yanılmamışsın. Burnu patates gibi. Tam ucunda komik bir ışık var."

"Yanlış hatırlamıyorsam alt dudağının altında bir tutam kır sakal olacaktı."

"Yok."

"Yok mu?"

"Tıraşı gelmiş. Yüzünün alt kısmında pis sakal var. Ama öyle bir tutam sakal filan yok. Yani senin düşündüğün gibi."

"Tanrım hafızam amma zayıflamış. Devam et."

"Elleri ters."

"Ters mi?"

"Tablonun o kısmı çok karanlık, neredeyse bulanık olduğu için söylemek zor ama ellerini dizlerinin üzerine koymuş ve avuçları yukarı bakıyor gibi."

"Ellerini kavuşturmamış mı?"

"Hayır. Sen öyle mi sanıyordun?"

"Evet. Evet, öyle sanıyordum ama –artık hiçbir şeyden emin değilim. Resmi izleyenin gözlerinin içine bakıyordu değil mi? Hüzünlü, dingin, tevekkül dolu bir bakıştı."

"Doğru. Biraz hipnotik. Fazla yaklaşmanın münasebetsizlik olacağını hissediyorsun. Sanki karşında gerçek bir insan varmış gibi."

"İyi dedin. Yazık."

"Neden?"

"Çünkü yapbozu bitirdiğinde gözler yerinde olmayacak."

"Haklısın."

"Gözler, John –ressamla model aynı kişi olduğunda modelin gözlerini inceleyen sanatçının gözleri– otoportrenin püf noktası gözlerdir. Gözler *hariç* yüzün herhangi bir bölümünden vazgeçsen de gayet güzel, etkileyici, gerçeğe yakın bir otoportre yapabilirsin."

"Devam edeyim mi? Kır saçları kafasının iki yanında kabarıyor. Başında yumuşak süet bir bere var."

"Tanrıya şükür."

"Bunu neden dedin şimdi?"

"Çünkü en azından bunu doğru hatırlıyorum."

"Yine gülüyorsun John. Lütfen arkamdan gülme."

"Gerçekten çok iyisin. Doğru, *güldüm.* Süet bir bere taktığı için Tanrıya şükretmene güldüm. Kötü niyet yok."

"Biliyorum. Sadece hava atıyordum. Bakalım yapbozun son parçasını ben betimleyebilecek miyim? Bej rengi bir ceket giyiyor, muhtemelen o da süet, önü ilikli. Yakası kürklü. Doğru mu, yoksa doğru mu?"

"Gibi gibi."

"Gibi gibi mi?"

"Yakası kürklü değil. Ceketle aynı kumaştan. Evet, süete benziyor."

"Tanrım, Tanrım."

"Yine ne oldu Paul?"

"Şimdi de hafızamı mı kaybediyorum?"

"Bunlar sadece ayrıntıydı Paul. Önemsiz, küçük hatalar. Ciddi bir şey değil."

"Benim için o boktan kürk yakalı ceket önemli! Acayip önemli! En sevdiğim resmi bile hatırlayamazsam!"

"Senelerdir görmediğini kendin söyledin."

"John, ben gözlerimi kaybettiğimde şimdiyi de kaybettim. Tümüyle. Tamam. Bu kayıpla yaşamayı öğrendim. Öğrendim sayılır. Ama hafızamı kaybetmeye başlarsam şimdi gibi geçmişi de kaybediyorum anlamına gelir. Bu geriye sadece geleceği bırakır. O da ne gelecek ya, yüce Tanrım!"

"Ben böyle düşünmemiştim."

"Bir aptal cennetinde yaşıyorum. Daha doğrusu bir aptal cehenneminde."

"Ama Paul, ben burada olduğum müddetçe şimdiyi kaybetmiş sayılmazsın. Bundan böyle izin ver senin şimdin ben olayım. *Hem* de geçmişin."

"Bu teklifin kulağa çok nazik geliyor, John ama ikimiz de sonsuza kadar burada kalmayacağını bildiğimize göre neden böyle bir teklif yapıyorsun? Bu dünyada nefret ettiğim bir şey varsa, iki tarafın da asla gerçekleşmeyeceğini bildiği teklifler yapmaktan ibaret bir yücegönüllülüktür."

"Şey, üzgünüm, ben sadece–"

"Eminim öyledir, şimdi gidip biraz uzanacağım."

"Olur."
"Rembrandt yapbozuna bakarsan minnettar kalırım."
"Tabii. Fazla düşünme. Biraz dinlenmeye çalış."
"Görüşürüz."

***

Kendi kendime hiçbir şey öğretmemişim, hiçbir şeyi ezberlememişim demek. Geride bıraktığım onca yılın yaşandığını gösterecek hiçbir şey yok. Çaresizim, çaresizim –John olmasa, dünyada yapayalnızım. Kör, gözsüz, yüzsüz ve yalnız, otistik, görsel açıdan otistik, dünyanın yeknesak titreşiminden sürülmüş. Hiç kimse böyle ümitsiz bir hale düşmüş müdür hiç? Dünya benim için boş bir kâğıttan, üzerine yazılmış metnin hızla solduğu boş, kara bir kâğıttan başka ne ki? O dünyayı bir kere daha görebilmek için neler vermezdim –sağ kolumu, sol kolumu, bacaklarımı, burnumu, parmaklarımı, çükümü, her şeyimi!

***

"Bütün vücudunu ilaçla iyice ov. Beecham ve Lemsip tavsiye ederim."

"O da iyidir. İyice terlesin."

"Hı hı."

"Yok canım, ne demek."

"Merak etme, mesele değil. Hiç fena aşçı sayılmam yani. Benim için bir zorluğu yok. Ne zamandır kendi yağımla kavrulmaya alıştım ne de olsa."

"Antikalıklarına mı? Evet, alışıyorum."

"İyi öyleyse. Neden bir hafta izin almıyorsun?"

"Ciddiyim. Hatta ısrar ediyorum."

"Merak etme. Ben Sir Paul'le konuşurum ama kabul edeceğini biliyorum. Maaşından da kesinti yapılmaz, onun için endişelenme."

"Yok, aramana gerek yok. Bir şeye ihtiyacım olursa seni ararım."

"Tamam."

"Olur –hı, hı, tabii."

"Güzel."

"Kendine iyi bak. Joe'ya selam söyle."

"Tamam. Hoşça kal."

"Hı hı."

"Yaparım. Oldu."

"Hoşça kal."

"Paul, sen burada mıydın? Geldiğini fark etmemişim."

"Bayan Kilbride'la konuşuyordun galiba."

"Evet. Joe'nun hasta olduğunu söylemek için aramış. Grip olmuş."

"Yanlış duymadıysam ona bir hafta izin verdin, öyle mi?"

"Şey, evet, verdim. Joe çok kötüymüş, ben de–"

"İyi güzel de John önce bana danışmak aklına gelmedi mi hiç? Yani izin vermeden önce."

"Bana Bayan Kilbride'a fazla resmi davranmamamı sen söyledin Paul –hem de birkaç kere. Senin kadar benim için de çalıştığını söyledin. Söylemedin mi?"

"Doğru, söyledim. Kahve yapmak ya da elmalı kurabiyeyi tabaklara koymak gibi konularda. Ama şimdi bütün bir hafta gelmemekten söz ediyoruz ve kadının ücreti de hâlâ benim cebimden çıkıyor –sana kızmıyorum, yanlış anlama ama kadının ne zaman gelip ne zaman gelmeyeceği konusunda bana danışılmasını isterdim."

"Uyuyordun. Seni uyandırmak istemedim."

"Uyumuyordum. Hem uyusam bile ben uyanana kadar bekleyemez miydi?"

"Sen ne demek istiyorsun? Gelmemesini söylemekle hata mı ettim?"

"Hata ettiğini söyleyemem. Benimle konuşsa ben de aynı şeyi söyleyebilirdim. Sadece ona izin vermenin benim işim olduğunu düşünüyorum."

"Kusura bakma."

"Şövalyelik edip gemileri yakmadan önce mutlaka başka tedbirler alırdım. Şimdi yemek işini ne yapacağız? Postane vitrinine aşçı aranıyor diye ilan yazmaktan başka çare yok herhalde. Tanrı bilir böyle bir ilana ne keresteler gelir."

"Sana yemek pişirmekten memnun olacağımı söylemiştim. İstersen hemen bu akşam yapabilirim."

"İstersem mi? Bu akşam yemek yapmaya mecbursun. Yoksa aç kalırız."

"Baksana Paul, bugün Chipping Campden'e inip biraz alışveriş yapayım, akşama da özel bir şey hazırlayayım. Ne dersin?"

"Valla fena olmaz... Bayan Kilbride'ın her daim aynı tayınından başka bir şey yemeye itirazım olmaz. Ama bir hafta boyunca her gün yemek yapabilecek misin?"

"Benimle yiyecek birisi oldu mu yemek yapmaya bayılırım. Benim için vazife değil zevk olacak."

"Madem öyle bu işi hallettik. Alan memnun satan memnun. Yapboza baktın mı?"

"Elbette."

"Eee?"

"Düz kenarlıların hepsini bitirdim. Yani dış kenarları."

"Ciddi mi? Bu harika, John. Yapboz deneyimlerimden yola çıkarak işin yarısını bitirdiğini söyleyebilirim."

"Öyle mi?"

"Evet, John, bana sorarsan işi yarılamışsın. Tıpkı şiir yazmak gibi. Bir de şiir kitabı yayımladığımı bilmiyorsundur herhalde."

"Bilmiyorum. Pek şiir okumam."

"Gençlik hevesi işte. İncecik bir şey."

"Ya."

"Cyril Connolly'nin demiş kadar olduğu gibi, her ahmak adamın içinde dışarı çıkmak için mücadele veren ince bir kitap vardır. Ne dersin?"

"Kusura bakma anlayamadım."

"Neyse boş ver. Çoğunluk anlar. Neyse, kafiyeli şiirlerdi, pek bayağı şeylerdi korkarım, senelerdir açıp bakmadım. Tanrıya şükür tam bir başarısızlıkla sonuçlandı. Yine aynı Cyril Connolly'nin demiş kadar olduğu gibi, yeteneğin başarıdan daha büyük düşmanı yoktur. Ama senin yapbozda düz kenarlarla başladığın gibi ben de şiirlere kafiyeli kelimeleri bularak başladığımı hatırlıyorum. İşin püf noktası buydu. Başka bir şey yoktu."

"Okumak isterdim. Yani şiirlerini."

"Okuyamazsın, kesinlikle okumayacaksın. Uğraşmamız gereken daha önemli şeyler var. Mesela kitabımı yazmak gibi. Artık başlasak mı? Sabahı kaybettik."

* * *

"Yine terliyorum. Başlayalı ne kadar oldu?"

"Bakalım. Saat beş buçuğa geliyor, kilisenin saati on ikiyi vururken oturmuştuk. Bir saat yemek arası, yarım saat de kahve molası. Toplam dört saat."

"Sadece dört saat mi olmuş? Az, çok az. Neyse. Hadi baştan bir okuyuver. Sonra bir bardak viskiyle rahatlarız."

"Bugün yaptığımız yeri mi?"

"Sadece bugün yazdıklarımızı."

"Yerinde rahat mısın?"

"Oku, lüften."

"'Şimdi de Rembrandt van Rijn vakasını inceleyelim. Bu adam –dünyadaki varlığının sonuna yaklaşmış bu sanatçı ihtiyar ve sevimsiz olduğu halde dingin ve halinden memnun bir havası var. Otoportresi National Gallery'de asılı duruyor, izleyiciye beni olduğum gibi, bu yaşımla kabul et der gibi dizlerine dayadığı ellerini yukarı açmış –bu adam tuval üzerinden bize, sanatçının aynı tuvale üç yüzyıl önce baktığı gözlerle bakıyor. Ölümüne –yoksa ölümsüzlüğüne mi demeli– topu topu dört ay kalmış. Ama gözleri, sanki karşımızda gerçek bir insan varmış gibi fazla yaklaşmanın münasetbetsizlik olacağını hissettiren gözleri resmin en can alıcı noktası, hatta ta kendisi. Çünkü bu resim bir otoportreden ziyade o gözlerin resmi, bizim şimdi gördüğümüzü ilk başta görmüş olan, onları izleyen bizi izlermiş gibi görünen, üç yüzyıllık uçurumu aşıp bizimle göz teması kuran o gözlerin resmi.

"'*Bizimle*, diyorum. Ama *benim* Rembrandt'a bakacak gözlerim yok. Ne onunla ne de bir başkasıyla göz teması kuramam. Yine de senelerdir portreyi görmediğim halde o gözleri hâlâ 'görüyorum'. Kısa süre önce atlattığım bütün badirelere rağmen sapasağlam kalan mahut iç gözümle görüyorum. Rembrandt'ın gözleri çoktan yok oldu, benimkiler de. Yine de o dört hayalet göz, onunkilerle benimkiler teması sürdürüyor, onunkiler sanatı sayesinde, benimkilerse hafızam sayesinde.

"'Şimdi Rembrandt'ın "63 Yaşında Otoportre"sini masa üzerindeki bir yapboz olarak hayal edelim? Ama hayal etmeye ne hacet? Zaten böyle bir şey mevcut. National Gallery'nin hediyelik eşya dükkânında böyle bir şey satılıyor. Siz yine de bu yapbozu, Rembrandt'ın gözlerinin bulunduğu o üç dört parça haricinde tamamlanmış olarak hayal edin. O zaman ne görürdük? Bir insan kafası ve gövdesinin coğrafyasını. Daha doğrusu bu düz kenarlı, dikdörtgen haritanın ortasında, normalde gözlerin bulunması gereken yerde, bir Hollywood yıldızının yüzme havuzu gibi yapboz şeklinde biçimsiz kıvrımları olan, masa-yüzeyi-dokulu bir boşluk görürdük.'"

"Eee? Ne Bekliyorsun?"

"Bu kadar."

"Bu kadar mı? Bütün yaptığımız bu kadar mı?"

"Maalesef öyle. Bence o kadar da kötü sayılmaz. Demin kaç kelime olduğuna baktım. Dört yüz on yedi."

"Mmm."

"İstediğin zaman devam edebiliriz."

"Hayır. Şimdilik bu kadar yeter. Ama merak ediyorum, gerçekten de bir manası var mı acaba?"

"Bence, pek çok manası var."

"Teşekkür ederim, John, çok naziksin ama bütün hepsi boş lafmış gibi bir his var içimde. Bir *görebilsem*, değerini biçerdim."

"Resmin mi?"

"Metnin!"

"Ha."

"Şu iç göz meselesi. İç göz? Ne menem bir saçmalıktır böyle!"

"Neyse. Boş ver. Ne demişler, yarın yeni bir gündür."

***

"Tabak çok sıcak."

"Bu yaptığın her neyse John, *à la* sevgili Bayan Kilbride olmadığı şimdiden anlaşılıyor."

"On ikide sülün, üç yönünde patates sote, yedi yönünde Fransız fasulyesi."

"Mmmm. Nefis kokuyor. 'On İkide Sülün' kulağa Rattingan ya da N.C. Hunter'ın her şeyi yerli yerinde, korkunç oyunları gibi geliyor biraz ama olsun. Tarator da var mıydı acaba?"

"Evet, tabii. Dur bakayım, tarator, bu işlerde kılı kırk yarmamdan hoşlanmadığını biliyorum ama onu on geçe yönünde."

"Onu on geçe, öyle mi? Neyin saati bu biliyor musun?"

"Bilmem. Bu arada kadehini dolduruyorum. Chambolle-Musigny 1990."

"Bu ne böyle?"

"Şarabın markası. Sen ne diyordun?"

"Ben mi? Bilmem."

"Onu on geçe."

"Ha, tamam. Kol saati reklamlarındaki bütün saatler onu on geçeyi gösterir. Daima."

"Gerçekten mi?"

"Saati 'güldürme' etkisi yaratıyor. Bu sayede saati potansiyel alıcıya daha cazip gösteriyor. Yani amaçlanan bu."

"Ciddi mi? Bunu nereden öğrendin?"

"Paul? Bir şey mi–"

"Not defterin masada mı?"

"Tabii. Neden? Aklına bir şey mi geldi?"

"Saat kadranı. Onu on geçe. Kör bir adamın yüzü gibi, anladın mı? Sana daha önce ne demiştim? Kör bir adamın mükemmel olması gerektiğini söylemiştim hani. Hep gülmesi –daima gülmesi gerekir– yüzü tıpkı o saat kadranı gibi hep onu on geçer –böylece günün birinde yardımına ihtiyaç duyabileceği yakınlarına yaranmış olur. Bir kenara not ediver."

"Tamam."

"Teşekkürler. Fena değil, ne dersin? Hem tam da nereye koyacağımı biliyorum galiba."

"Gülüyorsun, John."

"Kusura bakma, 'Tam da nereye koyacağımı biliyorum galiba' demene güldüm. Adeta soğuk bir alayla söyledin."

"Evet, anlamıştım."

"Gerçekten de harikasın ama. Sherlock Holmes gibisin. Beni her seferinde yakalıyorsun."

"Laf aramızda, John, meslek sırrımı açıklamamam gerek ama sana bu işte olağanüstü bir taraf olmadığını söylemem gerekiyor galiba. Güldüğünde dudaklarını gerip, dilini şaklatıyorsun –ama hafif, çok hafif– ayrıca burnundan nefes verirken komik bir ses çıkarıyorsun. Kör birisi bunu gayet rahat duyar. Aslında güldüğünü *duyuyorum.*"

"Korkutucu bir düşünce."

"Bu neden güldüğüne bağlı, değil mi? Kusura bakma ama bu hezeyanlı konuşmaya öyle daldım ki tabakta neyin nerede olduğunu bana tekrar hatırlatman gerekecek."

"Sülün on iki. Patatesler üç. Fransız fasulyesi yedi. Tarator onu on geçe."

"Teşekkürler. Bu arada ne hoş bir aftershave bu."

"Jazz. Saint-Laurent. Abartılı değildir umarım."

"Yok canım. Makul bir biçimde kendini hissettiriyor. Bayan

Kilbride'ın tatsız iksirlerinden biri olsa belki kokun onu bastırırdı ama bu –tebrikler, John, sülün lezzetli olmuş, hem de çok lezzetli."

"Benim için bir zevkti. Gerçekten de. Birisi için yemek pişirmeyeli uzun zaman oldu."

"Bunu demin de söylemiştin. Ama–"

"Evet?"

"Neden John?"

"Ne neden?"

"Birisine yemek pişirmeyeli neden uzun zaman oldu?"

"Nedenini biliyorsun. Yalnız yaşıyorum."

"Ben de onu diyorum ya. Neden yalnız yaşıyorsun?"

"Daha gençsin. Halin vaktin de yerinde. Çok uyumlu birisin. İlk geldiğin gün, yakışıklı olduğunu kendi ağzınla söylemiştin. Burnumu sokmak istemem ama doğal olarak merak ediyorum, hem sen benim hakkımda bir sürü şey öğrendin. Sahi neden hiç evlenmedin?"

"Bu sorunun cevabını bilmiyorum."

"Kadınları sevmez misin?"

"Ne?"

"Kadınları sevmez misin?"

"Homo olup olmadığımı mı soruyorsun?"

"Sanırım son zamanlarda 'gay' diyorlar. Bunu mu sormuştum? Sanırım öyle. Şunu bil ki böyle bir şey çalışmamızı kesinlikle etkilemez."

"Hayır, gay değilim."

"Peki neden yalnızsın? Kusura bakma John ama benim evimde yaşıyorsun ve buraya gelmeden önceki hayatına dair hemen hemen hiçbir şey bilmiyorum, ayrıca hilkat garibesi olsam da türdeşlerim konusunda, normal görünümlü bir insan kadar meraklıyımdır."

"Sadece, oldum olası yalnızlığı tercih etmişimdir."

"Yapma John, sen soruma cevap vermiyorsun sadece beni aynı soruyu başka kelimelerle sormaya teşvik ediyorsun. Neden hep yalnızlığı tercih ettin? Bana kendinden bahsetsene."

"Senin için bir sakıncası yoksa Paul, bahsetmeyeyim."

"Ya."

"Ne de olsa yalnızlık tercihi, hayatından söz etmekten hoşlanmamayı da kapsar. Yani düşünsene, içimi dökmeyi sevsem yalnız olmazdım. Anlıyor musun?"

"Benim anladığım, bu sorudan tümüyle kaçmak için incelikli bir teşebbüste bulunuyorsun. Öyle olsun. Kendinden bahsetmemeyi tercih ediyorsan bu ketumluğuna saygı duyarım. Ama senin deyiminle kendini içini dökmeye hazır hissedersen, burada seni dinlemekten memnuniyet duyacak bir arkadaşın olduğunu hatırla."

"Çok naziksin, Paul."

"Evet, John, yemek gerçekten çok lezzetli. Ama bunu zaten söyledim değil mi? Sülün tam kıvamında. Ne çok sert ne çok yumuşak. Patatesler –patatesler insanın ağzında eriyor."

"Taratoru nasıl buldun?"

"Tarator da harika. Belli belirsiz, değişik bir tat var içinde. Tam ne olduğunu bilemiyorum. Tuhaf ama hoş, çok hoş."

* * *

"Kiiim
Verdi bana kendini?
Kiiiim
Verdi bana bu güzel hissi?
Harika hissediyorum kendimi!
Harika hissediyorum kendimi!
Kiiim
Da da da da dum?
Kiiiim
Da da dii dii dum?
Evet, doğru tahmin ettin!
Sensin sevgilim.

"Kiiiim–"

"Kim o?"

"Orada biri mi var?"

"John sen misin?"

"Tanrı aşkına bir şey söyle!"

"John! John! John!"

"Burdayım! Ne oldu? Bir şey mi var?"
"Hemen içeri gel!"
"Yani banyoya–"
"Evet, evet! Gir içeri! Ne fark eder?"

"Ne oldu?"
"Bana doğru söyle John. Bir dakika önce bu banyoda mıydın?"
"Ne? Tabii ki değildim."
"Bak, nedeni umrumda değil –yanlışlıkla mı oldu– hayalgücünün bir cilvesi mi –hiç umrumda değil. Sadece demin burada olup olmadığını öğrenmem lazım. Kapıda."
"Hayır, Paul, inan bana burada değildim."
"Neredeydin?"
"Sen çağırdığında mı? Masada oturmuş yapbozla uğraşıyordum. Bitirmek üzereyim."
"Birini görüp görmediğini sormam anlamsız olacak değil mi? Yani holde filan–"
"Tabii ki görmedim. Evde bizden başka kimse yok. Ön kapıyı kendi ellerimle kilitledim."
"Ya arka kapı?"
"Gün boyunca hiç açılmadı. Ne oldu? Banyo yaparken birinin durup seni seyrettiğini mi zannettin?"
"Bilmiyorum, emin değilim. Işık yanıyor değil mi?"
"Evet, yanıyor. Paul, evde kimse yok. Sözüme güven."
"Evet. Biliyorum haklısın. Ama öyle büyük bir korkuya kapıldım ki inanamazsın. Kalbim hâlâ küt küt atıyor. Yemin ederim–"
"Siz körlerin fazlasıyla hassaslaştığını –diğer hislerinizin aşırı geliştiğini biliyorum."

"Doğru."

"Biraz fazla hassaslaşmış olman mümkün değil mi? Belki de duyduğun bazı sesleri –çıtırtıları, gıcırtıları, eski bir evin sıradan tıkırtılarını– başka şeylere yoruyorsundur, olamaz mı? Böyle bir şey mümkün değil mi?"

"Evet, ben –evet, öyle olmalı. Hakkın var. Tanrım, berbat durumdayım. İkimiz için de çok utanç verici bir durum. Ama inan bana John, yemin edebilirim, banyoda birisi olduğuna *yemin* edebilirim."

"Kalmamı ister misin?"

"Ne? Hayır, hayır, çok düşüncelisin ama –zaten çıkmam lazım. Su iyice soğudu. Teşekkür ederim, John. Seni bu saçmalıklara maruz bıraktığım için tekrar özür dilerim. Senin için pek hoş olmasa gerek. Vazifenin gerektirdiklerini aşan bir şey, korkarım."

"Takma kafana. Bence iyi bir uykuya ihtiyacın var."

"Evet. Gerçekten de öyle."

***

Hayal mi görüyorum? Öyle mi? John'un dediği gibi aşırı hassaslaşmış olabilir miyim? Kör birinin başına böyle bir şey geldiğini duymamıştım hiç ama akla yakın geliyor, hem de çok. Banyo zemininінde hafif bir çıtırtı duydum ve otomatik olarak bu sese birinin 'sebep olduğunu' düşündüm. Halbuki sebepsiz sonuçlar da var. Eşyalar kendi kendilerine çıtırdayabilir. Kendiliklerinden hareket edebilir. Bir şeyin tam da belli bir anda meydana gelmesinin, başka bir zaman, bir dakika önce ya da otuz saniye sonra meydana gelmemesinin bir sebebi yok. Hayat roman değil, her mikro-olayının hesabını vermek gibi bir zorunluluğu yok. Yıllar süren mutlak yalnızlığımın ardından evde bir başkasının varlığı, sürekli başkalarıyla birlikte yaşayan insanların olduğu gibi kabul ettiği, hatta zamanla duymamaya başladığı seslere ve duyumlara karşı beni aşırı mı duyarlı yaptı? Bu da akla yatkın geliyor. 'Kalabalığın' sesini unutmuşumdur belki de. Yoksa deliriyor muyum? Zira o da akla yatkın bir açıklama.

***

"Sen misin John?"
"Hayır, Sir Paul, benim Bayan Kilbride."
"Bayan Kilbride? Burada ne işin var? Bir haftalık izinlisin."
"Biliyorum, biliyorum. Ama elişimi –ve *People's Friend*'imi– mutfakta unutmuşum, hem her şey yolunda mı bir bakayım dedim. Erkenden gelip çocuklar kalkmadan evde olayım dedim."
"Çocuklar!"
"Bilirsiniz. Size takılmak için dedim."
"Takılmasan daha iyi. Sahi saat kaç?"
"Yediyi biraz geçiyor. Kilise saatini duymadınız mı?"
"Saati duysam sana sorar mıydım?"
"Oooo, birisi bu sabah ters taraftan kalkmış. Hem siz neden bu kadar erken kalktınız? Bildiğim kadarıyla sabahları geç vakte kadar yatmayı seversiniz."
"Yine kötü bir gece geçirdim."
"*Yine* mi? Uyuyamadınız mı?"
"Hayır. Kahve var mı?"
"Daha yeni koydum. Şu halinize bakın, vah vah, hiç iyi görünmüyorsunuz. Size vitamin lazım."
"Rica ederim Bayan Kilbride. Hiç havamda değilim."
"Laf olsun diye konuşuyorum."
"Ben de işte tam bundan şikâyetçiyim. İnsanlar neden kendilerini sürekli konuşmak zorunda hissederler? Ağızlarımız aynı zamanda yemek yemek için ama sürekli yemiyoruz değil mi?"
"Size öyle geliyor. Benim Joe'yu görseniz fikriniz değişirdi. Yemek dedin mi–"
"Sahi Joe nasıl?"
"Ah, Sir Paul, çok endişelendim. Onu hiç bu kadar berbat görmemiştim."
"Hadi, Bayan Kilbride, sadede gel."
"Ama Sir Paul, görseniz siz de–"
"Yapma. Eminim endişelenecek bir şey yoktur. Altı üstü biraz ağır bir grip değil mi? Kahve hazır mı?"
"Bekleyin biraz. Daha su kaynamadı."

"Hayır... Hayır, su kaynıyor..."
"Siz ne diyorsunuz?"

"Kaynadığı filan yok, Sir Paul. Siz ne diyorsunuz? Zaten göremiyorsunuz."
"Kusura bakma Bayan Kilbride, kilometrelerce uzaktayım sanki."
"Orası belli. Kahvaltı için sıcak bir şey ister misiniz? Omlet filan?"
"Hayır teşekkürler. Sadece tost yerim."

"Hayır, Bayan Kilbride, eskiden tanıdığım bir çocuğu düşünüyordum. Uzun zaman geçti. Birlikte denize giriyorduk. Suffolk sahilinde. Daha doğrusu denize o girmişti. Ben kumsalda parmaklarımı suya sokarak sıçrarken o suya dalıvermişti. Ona suyun soğuk olup olmadığını sorduğumda, 'Hayır, çok sıcak! Kaynıyor!' diye bağırmıştı. Takdire şayan değil mi? Arkasından bağırmıştım, 'Madem kaynıyor neden kabarcık yok?' Ama beni duyamayacak kadar uzaklaşmıştı."
"Sizi denize girerken düşünemiyorum."
"Eskiden böyle gudubet değildim."
"Tostunuza tereyağ süreyim mi?"
"Lütfen."
"Marmelat?"
"İkinci dilime sürebilirsin. Tabii iki tane hazırlıyorsan."
"İki tane hazırlıyorum. John kalkmadı mı?"
"Hayır. John da geç kalkmayı sevenlerden."
"Öteki odayı kolaçan ederken masanın üzerinde bitirilmiş bir yapboz gördüm."
"Demek bitmiş, öyle mi? Güzel, bugün işe başlayabiliriz öyleyse."
"Kitabınızla mı ilgili?"
"Elbette. John'dan rica ettim, Londra'dan özel olarak getirdi. National Gallery'den. Kahve daha hazır değil mi?"
"Hazır. İşte burada. Tost da burada. Soldaki yağlı olan."
"Teşekkürler."

"Nedir o?"
"Ne?"
"Yapboz."
"Bana mı soruyorsun? Gözlerin yok mu senin?"
"Var ama aralarındaki o komik şey de ne?"
"Gözlerinin arasındaki komik şeyi bana mı soruyorsun? Tahmin yürütmem gerekirse, burnundur herhalde."
"Ah evet, ha ha ha ha, onu demedim. Yapbozu diyorum. Yapbozdaki komik şey."
"Hangi *komik* şey?"
"Yerdeki. İkisinin arasında duran şey. Her taraftan uzun uzun inceledim ama bir şeye benzetemedim."
"Ben de senin söylediklerini bir şeye benzetemiyorum. Peçete, lütfen."
"Buyrun. O şeyin ne olduğunu anlayamadım. İki adamın arasında dikine duruyor gibi."
"Tanrı aşkına iki adam da ne?"
"Yapbozdaki adamlar."

"Sen ne dedin?"
"Ah ama, ekmeğini düşürdün. Bekleneceği üzre marmelatlı tarafı aşağı gelmiş. Gidip bir bez–"
"Ekmeği bırak şimdi. Sen demin ne dedin?"
"Bana bağırmanıza gerek yok Sir Paul. İyi uyuyamadığınızı biliyorum ama yine de biraz saygı görmek hakkım."
"Lütfen, lütfen Bayan Kilbride, bu çok önemli. Yapbozla ilgili ne dedin?"
"Sadece yerde duran şeyin ne olduğunu anlamadığımı söyledim."
"*İki* adamın arasında dedin, değil mi?"
"Evet, orada."
"Ama o iki adam da nereden çıktı? Resimde sadece bir adam var."
"Ne resmi?"
"Yapboz! Ünlü bir tablonun yapbozu o!"
"Benim gördüğüm kesinlikle iki adam var. Bir de o şey."
"Benimle oturma odasına gel."

"Ne? Şimdi mi?"
"Evet, şimdi. Çok, çok önemli."
"Tanrım, ne dedim ben şimdi? Tamam. Bir dakika."
"Lütfen acele et."
"Geliyorum."

"Tamam. Etrafta kutu var mı?"
"Kutu mu? Ne kutusu?"
"Yapbozun kutusu. Yani parçaların içinde geldiği kutu."
"Yok... Öyle bir şey göremiyorum. Masanın üzerinde yok."
"Tamam öyleyse. Tamam. Sadece yapboza bakıp gördüklerini anlat."
"Siz nasıl isterseniz. İki adam var."
"Nasıl giyinmişler?"
"Eski zamanlardaki gibi. Birisi VIII. Henry'ye benziyor ama daha önce. Öteki bakan filan olabilir. Hatta rahip."
"Konuştuğun şey de ne? Hani şu yerdeki."
"İşte onu diyorum ya, anlamadım. Hiçbir şeye benzemiyor. Belli başlı bir şey değil öyle. Ezilmiş ve yayılmış gibi."
"Ezilmiş ve yayılmış mı?"

"Kurukafa resmi olabilir mi Bayan Kilbride?"
"Kafatası mı? Alakası yok!"
"Emin misin? Parmağımı üzerine koy."
"Parmağınızı mı?"
"Evet! Şu parmağımı!"
"Peki. Ne yapayım şimdi?"
"O şeyin üzerine koy."

"Üzerinde şimdi."
"Şimdi yandan bak. Parmağıma demiyorum, o şeye. Şu taraftan tekrar bak."
"Tamam, tamam, itelemenize gerek yok."
"Kusura bakma. Sadece parmağımı takip et. Ediyor musun?"
"Hı hı."
"Şimdi ne diyorsun? Kafatası olabilir mi?"

"Bilmem –evet, belki. Sanırım olabilir. Ama öyleyse bile pek iyi resmedildiği söylenemez."

"Orasını boş ver. O şeyin hemen üzerinde bir masa var mı peki?"

"Var."

"Masanın üzerinde bir lavta var mı?"

"Ne?"

"Mandolin gibi, gitar gibi bir şey."

"Var."

"Bir de dünya maketi."

"Hı hı."

"Tamam. Son bir soru. Yanılmıyorsam iki adam bir perdenin önünde olacaklar. Doğru mu?"

"Evet."

"Perde ne renk?"

"Yeşil."

"Yeşil, evet. Tabii yeşil. Teşekkür ederim, Bayan Kilbride, çok teşekkürler. Sana artık ihtiyacım olmayacak. Tabloyu anladım. Hah, evet, tabloyu çok iyi anladım."

* * *

"Günaydın Paul."

"John. Sana da günaydın. İyi uyudun mu?"

"Fena değil. Ya sen?"

"Ben mi? İyi uyudum, gayet iyi."

"Benden önce burada olmazdın pek."

"Öyle mi?"

"Öyle. Kalkalı çok oldu mu?"

"Bir saat kadar. Öyle harika bir sabah ki yatakta vakit öldürmek istemedim."

"Sen buna harika mı diyorsun? Hava kapalı."

"Bana harika geldi. İnsan kör olunca havanın ne önemi var? Dipdiriyim. İşe başlamak için can atıyorum."

"Kahveyi koyayım. Kahvesizlikten ölmüşsündür herhalde."

"Aa."

"Ne oldu John?"

"Burada hazır kahve *var*."

"*Sen* mi yaptın Paul?"

"Ben mi? Elbette hayır. Bildiğin gibi bu konularda elim kolum bağlı. Birine teşekkür edeceksen Bayan Kilbride'a et."

"Bayan Kilbride'a mı?"

"Evet, kahveyi Bayan Kilbride yaptı. Alsana."

"Bayan Kilbride burada mıydı?"

"Hı hı. Bir şey unutmuş. İş sepetini galiba. Bence mutfak *ve* oturma odasını şöyle bir yoklamak istemiş –nerede ne var diye. Aslında bu kadarını kendi de itiraf etti."

"Hoşuna giden bir şey bulmuş mu bari?"

"Valla bilemeyeceğim. Biraz lafladık. Sen kahve içmeyecek misin?"

"Evet, tabii. Sadece–"

"Evet?"

"Paul, aklımı kurcalayan bir şey var."

"Neymiş?"

"Evet, benim niyetim –benim niyetim–"

"Aklını kurcalayan bir şey varsa yoklayıp durma. Yoksa kabuğunu kaldırırsın."

"Seni gittikçe daha iyi tanıyorum, Paul ve belki komik gelecek ama senin yanında benim –benim duyarlılıklarım da incelmeye başladı sanki. Kör biri gibi. Yani senin gibi. Şeyleri –neydi?– nüansları daha rahat yakalamaya başladım. Mesela sesinin tonu. Sesindeki en ufak bir değişime bile duyarlı bir hale geldim. Alayların bazen çok ağır oluyor, bazen de çok incelikli. Yine de sesindeki alaycılığı hemen hissediyorum ve arkasından ne geleceğini genelde tahmin ediyorum. Sanki başımdan antenler çıktı, daha önce hiç duymadığım şeyleri duyuyorum. Bilmem anlatabiliyor muyum?"

"Söylediklerin gayet anlaşılır. Devam et."

"Bu sabah. Bu sabah ses tonunda öyle bir tını var ki bir gariplik olduğu hissine kapılıyorum."

"Nasıl yani?"
"Yani benim bilmediğim bir şey biliyorsun."
"Senin bilmediğin çok şey biliyorum."
"İki artı iki dört eder, Paul, sesinin tonu Bayan Kilbride'ın burada olduğu gerçeğiyle birleştiğinde, ne de olsa ikimiz de onun ne kadar düşük çeneli olduğunu biliyoruz, şey, belki renk vermiş olacağım ama iddiaya girerim yapboz meselesini öğrendin."
"Öğrendim."
"Sana söyleyecektim, gerçekten de."
"Öyle mi? Bana ne söyleyecektin John? Kör bir adamı kandırmanın nasıl bir bahanesi olabilir?"
"İnan bana–"
"Sana neden inanacakmışım? Söylediğin herhangi bir şeye neden inanayım? Senden iğreniyorum, John, gerçekten iğreniyorum. Kızmaktan çok incinmiş gibi yapmayacağım, çünkü incinmedim. Ama çok kızgınım."
"Haklısın."
"Kör bir adamı kandırmak da ne oluyor? Ben bunu kaldıramam. Bu yaptığın düpedüz *kötülük*, John. Kendine nasıl tahammül edebiliyorsun?"
"Biliyorum."
"Sen ve kendin, tencere yuvarlanmış kapağını bulmuş!"
"İzin ver açıklayayım–"
"Açıklamak mı? Açıklanacak ne olabilir? Böyle hastalıklı bir aldatmacayla ne elde edeceğini umuyordun acaba?"
"Beni dinleyecek misin? National Gallery'ye gittiğimde, yapbozu aldığımda–"
"Holbein'ın 'Elçiler'i değil mi?"
"Bayan Kilbride mı söyledi?"
"Bayan Kilbride mı? Holbein'ın 'Elçiler'ini kaplumbağa kabuğundan ayırt edemez o."
"Peki nasıl anladın?"
"Duyarlı parmak uçlarımla. Yapbozlar braille alfabesinden sayılır."
"Ciddi mi? Ama bu—
"Bu kadar bön müsün? Bir şekilde anladım. Bu kadarını bil yeter."

"Ee John? Ne diyecektin?"

"Senin tahmin ettiğin gibi Rembrandt yapbozu yoktu. Ama nedendir bilinmez onun yerine Holbein'ı almaya karar verdim. İçimden öyle geldi, basit bir kapristi sadece. O anda, yemin ederim, Paul, *yemin ederim* onu Rembrandt gibi gösterme niyetim yoktu. Bana sadece şey gibi göründü –hoş bir şey gibi. Sonra eve, yani buraya dönünce bana yolculuğumu sordun, o zaman bana ne oldu anlamadım. Moralin öyle bozuk görünüyordu ki bir baktım sana aradığım şeyi bulduğumu söylüyorum. Paul, sadece seni memnun etmek istedim. Nasıl olsa görmeyeceğinden senin için hangisi olduğu fark etmez diye düşündüm."

"Anlıyorum. Sadece içinden geldi. Basit bir kapris. Yine de oturup Holbein yapbozuyla uğraştın. Onu bitirdin. Bu yanılsamayı sürdürmeyi tercih ettin. Hatta kitabın bir bölümünde böyle bir yapbozu hayal etmemize gerek olmadığını çünkü bunun gerçekten varolduğunu yazdırmama bile göz yumdun. Neden John? Tanrı aşkına neden?"

"Tanrım, onu yazarken kendimi çok kötü hissettim. O kadar kötü hissettim ki sesimdeki paniği fark edeceğinden emindim. Ne yapacağımı bilemedim. Anlasana yapbozun sadece bir –bir metafor olacağını düşünmüştüm. Gerçekten de onun hakkında yazmayı planladığını bilmiyordum. Tekrar ediyorum, çok aptalca bir şeydi ama sadece seni mutlu etmek için yaptım."

"Doğrusu ne düşüneceğimi bilemiyorum John."

"Ayrılmamı istersen anlayışla karşılarım. İstersen eşyalarımı hemen toplayıp gidebilirim."

"Öyle olması lazım."

"Bitti mi yani? Gitmemi mi istiyorsun?"

"Tanrım, keşke bundan emin olsam!"

"Eğer gidersen beni burada bununla mı bırakacaksın? Üç beş sayfa ve pahalı, işe yaramaz bir bilgisayarla. Öte yandan..."

"Tamam. Tamam. Şimdi beni iyi dinle John. Sana soracağım soruyu çok dikkatli dinlemeni istiyorum."

"Dinliyorum."
"Soru şu. Sana güvenebilir miyim?"
"Paul, ben–"
"Belki bir delilik yapıyorum, belki kendimi daha beter bir duruma sokuyorum ama bir daha bana asla böyle aptalca bir oyun oynamayacağına güvenebilir miyim? Beni böyle küçük düşürmeyeceğine güvenebilir miyim?"
"İnan, Paul, böyle bir niyetim yoktu."
"Soruya cevap ver. Sana güvenebilir miyim?"
"Evet."
"Peki John. Bu hadisenin bir hata olduğunu kabul etmeye hazırım. Hikâyeyi burada kapatalım. Özüre, bahaneye gerek yok. Bu konuyu bir daha hiç konuşmayacağız."
"Yani kalmamı mı istiyorsun?"
"Besbelli ki bunu söylüyorum."
"Bu benim için çok önemli, Paul."
"Bir de, John?"
"Ne vardı?"
"Holbein'ı ortadan kaldır. Sadece masanın üzerinde değil evimde de istemiyorum onu."
"Hemen yaparım."
"Son bir şey daha var."
"Evet?"
"Biraz önce sana pek hoş olmayan şeyler söyledim."
"Paul, hepsini hak ediyordum. Özür dilemene gerek yok."
"Hak ettiğini biliyorum, özür dilemek gibi bir niyetim de yok. Öyle bir şey yapacak değildim."
"Özür dilerim."
"Habire özür dileyip durma, demiştim sana. Hoşuma gitmiyor."
"Tik gibi bir şey. Kurtulmaya çalışırım."
"Benim demek istediğim başkaydı. Bazı hoş olmayan sözler sarfettim ve bunlardan biri 'Kendine nasıl tahammül edebiliyorsun?' türünden bir şeydi. Hatırlıyor musun?"
"Evet, tabii."
"Sonra da eklemiştim hani, 'Sen ve kendin, tencere yuvarlanmış kapağını bulmuş!' demiştim."

"Evet."

"Bir kenara not ediver."

"Peki."

* * *

"Dıdıdı... Düşündüğümden daha soğukmuş."

"Atkını bağlasan daha iyi olur belki."

"Olabilir. Bir saniye bekle."

"Evet, böyle daha iyi oldu. Ne dersin John, bu gece öteki tarafa yürüyelim mi?"

"Nasıl yani, köye hiç girmeyelim mi?"

"Hayır. Köşeden sağa dönersek, her zamankinin aksine köyde saat yönünün tersine bir tur atabiliriz."

"Olur."

"Köyde saat yönünün tersine yürümekten söz ettiğinde insanın aklına saat yöntemi geliyor Paul. Kilise on bir yönünde, bar üç, koyun sürüsü dokuz yönünde."

"Koyun mu? Gecenin bu saatinde ortalıkta koyunlar mı var?"

"Evet, evet. Parkın dışındaki çayırda otluyorlar."

"Şaşılacak şey. Saat kaç?"

"Her zamankinden erken çıktık, unutma. Yediyi biraz geçiyor."

"Olsun. Ya park?"

"Kaldırım. Parkın nesini soruyorsun?"

"Salıncaklarda çocuk filan yoktur umarım."

"Doğrusunu istersen var. Üç tane."

"Seçebiliyor musun?"

"Şöyle böyle. Kaldırıma çıkıyoruz."

"Bana tarif etsene."

"Parkın etrafını dolaşan yolda iki küçük kız var. On iki, on üç yaşlarında. İkiz bile olabilirler. İkisinin de üzerinde denizci mavisi paltolar var ama hava karardığı için renk konusunda yanılıyor olabilirim. Neyse, ikisi de palto ve atkı giymiş, başlarında da yün bereler var."

"Kız çığlıkları ya da kıkırtıları gelmiyor kulağıma."

"Sessizce yürüyorlar."

"Ya öteki, üçüncü çocuk?"

"Sanırım küçük bir oğlan çocuğu. Buradan söylemek zor. En fazla beş, altı yaşında."

"Yakışıksız. Yatakta olması gerekirdi. Herhalde bluğ çağından yeni çıkmış gamsız bir ana babası var. Çocuklarının ne yaptığı umurlarında bile değil. Üremelerine izin vermeden önce bunları teste tabi tutmak lazım. Ne yapıyor?"

"Öylece duruyor. Kızları seyrediyor. Küçük, mahzun bir mahluk."

"Tahmin ederim. Ne giymiş? Sıkı sıkı sarmalanmıştır mutlaka."

"Öyle gibi. Onun da yün beresi var."

"Ya eldiven? Eldiven de giymiş mi?"

"Eldiven mi? Buradan görmek imkânsız. Kaldırım."

"Tüh. Çocuk eldivenlerine bayılırım."

"Ciddi mi?"

"Hmmm."

"Neden?"

"Ufaklıkların o minicik eldivenlerine hayranım. Hani paltolarının kollarına bir iple bağlanır da, onlar ortalıkta gezinirken küçük bileklerinden sarkar ya. Neden sevdiğimi tam olarak açıklayamayacağım. Seviyorum işte."

"Evet, bence de çok kıyaklar. Yani –pardon."

"Neden pardon dedin?"

"Çünkü bahse girerim 'kıyak' kelimesinden nefret ediyorsundur."

"Yo. Bu kelimeyle bir alıp veremediğim yok. Neden olsun ki?"

"Bir sebebi yok. Sadece bana öyle geldi. Kilise avlusundan geçelim mi? Hâlâ açık. Yoksa dümdüz mü gidelim?"

"Düz gidelim bence. Ölüleri bırak huzur içinde yatsınlar. Kilise kulesinin gökyüzüne yükselirken nasıl bir etki yarattığını betimlemeye ne dersin?"

"Şey, bence çok İngiliz bir görüntü. Dingin ve dramatik.

Eminim senin de gayet iyi bildiğin gibi çan kulesi biraz küt ve basık bir bina. Sivrilmiyor. İnsana gökyüzünü deliyormuş gibi görünen türden değil. İki ayağını da yere basmış, hiç –hiç– Gotik iddiası yok."

"Ulvilik özlemi yok."

"Aynen. Böyle bir şey varmış gibi yapmıyor. Gökyüzü de çok İngiliz. Renkli ya da gösterişli değil. Yine de tevazuuyla insanı etkiliyor."

"Ne renk?"

"Gökyüzü mü?"

"Evet."

"Koyu gri. Maviye çalan gri. Neredeyse metalik bir renk. Bulutlar –tam kilisenin üzerinde asılı duran bir öbek bulut var– ağır ağır hareket ediyorlar. Hareketlerini görebilmek bir saatin akrebinin hareket ettiğini görmek kadar zor."

"Güzel söyledin. Bakarsın günün birinde sen de yazar olursun John."

"Senin ağzından çıktığına göre bu ciddi bir iltifat."

"Hakikaten. İyi bir gözün, iyi bir görsel imgelemin var. *Viz*, ne derler, *viz* yapboz."

"Bak Paul, yaptığım şey için tekrar özür dilemekten hiç gocunmam. Aslında ne kadar üzgün olduğumu sana tekrar tekrar söyleyemediğim için içimde ukde kaldı –kaldırım– keşke ben özür dilemekten sen de beni dinlemekten morarana kadar ne kadar üzgün olduğumu söyleyebilsem. Ama sen konunun kapalı bir kitap olmasında ısrar ediyorsun ben de bu işi sineye çekiyorum."

"Sen ne dedin?"

"Sineye çekiyorum, dedim."

"Yok, yok, ondan önce."

"Ondan önce mi?"

"Tam olarak hangi kelimeleri kullandın!"

"Konunun kapalı kitap olduğunu söyledim."

"Kapalı kitap! Harika! İşte bu!"

"Ne?"

"Kapalı kitap, anlamıyor musun? Kapalı kitap!"

"Kusura bakma ama anlayamadım."

"Büyük K, büyük K. Kapalı Kitap. Kitabım için mükemmel bir başlık!"

"Yani *Hakikat ve Sonuçları* yerine mi?"

"O başlığı hiç sevmemiştim zaten! *Hakikat ve Sonuçları!* Çok cafcaflı! Hayır, hayır, *Kapalı Kitap* çok uygun. Kapakta harika duracak. Dillons ya da Waterstone'da sergilendiğini hayal et. *Kapalı Kitap!* Bir düşün. Waterstone'da dolaşırken böyle başlığı olan bir kitap görüp de kapağını açmaya kim direnebilir?"

"Evet, ne demek istediğini anlıyorum."

"Bir kenara yazıver, hemen not et. Hoş unutacağımı zannetmiyorum."

"Peki."

"*Kapalı Kitap...* Bunun için sana teşekkür borçluyum John. İsmi lazım değil o mesele hakkında konuşmamaya söz vermiştik biliyorum ama bu başlık o hadiseyi fazlasıyla telafi etti."

"Gerçekten o kadar çok mu sevdin?"

"Bayıldım. Aslında –Ah Tanrım, Ay!"

"Kahretsin, Paul, benim suçumdu. Çok üzgünüm. Kendimi öyle kaptırmışım ki –şey, kaldırımı unuttum. Sen iyi misin?"

"İyiyim..."

"Hayır, cidden, ben–"

"Endişelenme, endişelenme. Bir körün yürürken yaralanıp berelenmeye hazırlıklı olması gerekir."

"*Gerçekten* çok üzgünüm."

"Doğrusu öyle coşkuluyum ki hissetmedim bile. Kitabı için doğru başlığı yakalamak bir yazarın sefil hayatının en ayrıcalıklı anlarındandır. Bir iki tökezlemeye de değer."

"Harika. Seni hiç bu kadar mutlu görmemiştim."

"Bugünün çok müstesna bir gün olduğunu inkâr edemezsin. Tam bir felaket havasında başladı, değil mi? Yine de saatler ilerledikçe gayet tatminkâr bir hal aldı. Kâğıda kaç kelime kaydettik?"

"Ekrana mı? Beş yüz küsurdu galiba."

"Şimdiye kadar yaptığımızın en iyisi. Sonra akşam yemeğinde senin hazırladığın o harika kuzu pirzolaları yedik. Şimdi de bu. *Kapalı Kitap.* Düşünüyorum da neredeyse simgesel bir şey."

"Nasıl yani?"

"Görmüyor musun? Kitabım için mükemmel bir başlık olmasının yanısıra, şu talihsiz yapboz hadisesine de tatbik edilebiliyor."

"Evet, Paul. Zaten bu sayede ortaya çıktığını unutma."

"Hıı?"

"Hatırlarsan, bu deyimi ilk olarak yapboz hadisesi yüzünden özür dilerken kullanmıştım."

"Aman John, neşemi kaçırma şimdi."

* * *

"Bugün ne müthiş bir gün!
Ne müthiş bir gün!
Öyle müthiş bir gün ki tam da—
Hey!
Ne dersin?
Benimle misin?
Cilveleşir misin?
Bu müthiş günde benimle,
Ne müthiş gün bugün!"

* * *

Müthiş bir gün müydü? Aslında daha ziyade tuhaf bir gündü. John ne tuhaf adam. Ona bakarsan ben de tuhafım. Gerçi körlük insana tuhaf arkadaşlıklar kurduruyor. Körlüğümden faydalanacak kadar yüzsüz, hem de kötü bir adama evimde bir oda vereceğimi söyleyen biri çıksa ona budala derdim. Yine de bir bebeğin şekerini çalmak kadar ağır suç işlemiş birini evimde barındırıyorum, yandaki odada uyuyor. Kitabım için o muhteşem başlığı onun sayesinde bulmuş olsam da, John'un yaptığını unutamıyorum. Ama neden? Neden? Gerçekten de beni memnun etmek için olabilir mi? Mümkündür, evet. Yine de aklı başına her insan, bunun yapılabilecek en yanlış şey olduğunu, ahlaken yozlaşmış birinin hareketi olduğunu anlardı, içgüdüsel bir sezişle bilirdi. Doğru, hepimiz daha başından aptalca, düşüncesiz, hatalı olduğunu bildiğimiz şeyler yapıyoruz. İnsan doğası böyle bir şey. Hata insana mahsustur. John da insan.

***

"Bu patırtı da neyin nesi?"

"John!"
"Efendim? Paul, sen misin? Ne dedin duyamadım?"
"Şu dinlediğin her neyse kapatır mısın lütfen?"
"Ha. Tamam."

"Kapadım. Kusura bakma."
"Tanrıya şükür! Bu ses nereden geliyor?"
"Radyomdan. Küçük bir el radyom var. Sözünü etmemiş miydim?"
"Hayır."
"Ya, neyse, şimdi söylemiş oldum."
"Sesinin bu kadar yüksek olması şart mı?"
"Kusura bakma. Banyodasın sanıyordum. Seni rahatsız edeceğini düşünemedim."
"Dün gece banyo yapmıştım. Neydi o?"
"Müzik mi?"
"Evet, John, müzik."
"The Who."
"Ne?"
"The Who. Rock grubu. Artık devri biraz geçti sanırım, ama–"
"The Who'nun ne olduğunu biliyorum. Dinozor değilim. Bilgin olsun diye söylüyorum, bir keresinde Freddie Ashton benden, Pete Townshend'in bir bestesine, onların deyimiyle –ki emin ol çok yerinde bir terim– bale argümanı yazmamı istemişti. The Who'nun üyelerinden biri değil miydi o?"
"Evet, öyle. Peki yazdın mı?"
"Yazdım. Adı *Rigmarole*'dü."
"*Rigmarole* mü? Maalesef hiç duymadım."
"Pek bilen yoktur zaten."
"Fiyasko mu?"
"Hem de feci bir fiyasko. O kakafoniyle hak ettiği de buydu gerçi. Yine de Townshend'le görüşmüştüm; ikimiz için de başdöndürücü bir deneyim oldu diyemeyeceğim."

"Birbirinize ısınamadınız mı?"

"Görüşmemiz, yarı-başarılı oldu diyelim. Her kelimeme takılıyordu."

"Bu sefer güldüğünü duyamadım maalesef, John. Acaba bunu daha önce söylediğimi hissettiğin için mi?"

"Hayır, hayır. Sadece seninle Pete Townshend'i yan yana düşünüyordum. Çok uçuk bir şey."

"Sabahlığımın yenini öpmek ister misin?"

"Yok, almayayım. O kadar da hayran değilim. Yine de etkilendim. Kahve ister misin?"

"Lütfen."

"Öldüğünü duyduğunda üzülmüşsündür."

"Kimin?"

"Pete Townshend'in, tabii."

"Pete Townshend öldü mü?"

"Şey, evet. Kusura bakma Paul. Bilmiyor muydun yoksa?"

"Bilmediğim açık değil mi? Pete Townshend öldü ha? Vah zavallı, neden öldü?"

"Suikaste kurban gitti."

"Suikast mi? Yani *cinayete* mi?"

"Pardon, tabii cinayet demek istemiştim. Kusura bakma, Paul –yani bilmemen öyle tuhaf ki– ama tabii duymuş olamazsın. İki yıl önceydi, hatta iki yılı biraz geçti. Bir hayranı silahla vurdu. Yani hayranı olduğunu iddia eden bir esrarkeş. Groucho Club'ın önünde. Bütün dünyada birinci sayfada çıktı."

"Senin de bildiğin gibi ben ön sayfaları göremiyorum. Tabii arka sayfaları da."

"Ama düşündüm de John, bu... demek istediğim, artık bunu yapmam gerekiyor."

"Neyi?"

"Olan bitenle daha fazla ilgilenmeliyim."

"İstersen sana memnuniyetle gazete okurum."

"Evet, fena fikir değil... Evet, olabilir... Pete Townshend ölmüş... Garip ama bunu duymak beni hüzünlendirdi. Yani onu... onu iyi tanıdığımdan filan değil... Belki de haber başlıklarını bana okumaya başlasan iyi olacak. İnsan ne de olsa aziz değil, keşiş değil. İnsan kör de olsa bu dünyada yaşamayı sürdürüyor. Acaba el altında bir gazete var mıydı John?"

"Var tabii. Bu sabah süt almak için köye indiğimde almıştım."

"Hangisi?"

"*The Guardian.*"

"*The Guardian* mı? Neyse, fark etmez. Bana biraz okur musun? Şöyle önemli havadisleri."

"Şimdi mi?"

"Neden olmasın?"

"Peki. Kahveni koydum."

"Teşekkürler."

"Yanında bir şey yemek ister misin?"

"Hayır. Sadece başlıklar."

"Peki, bir bakayım neler varmış. Başbakan Havana'ya gitti. Castro başa geçtiğinden beri ilk olarak bir İngiliz başbakanı Küba'yı ziyaret ediyor. Yolculuğu hakkında sorulan sorulara, Bay Cook–"

"Bay *kim*?"

"Cook."

"Bak sen şu işe. Adı ne peki? Roger mı?"

"Kimin?"

"Cook'un!"

"Robin."

"Robin Cook! Robin Cook başbakan mı?"

"Evet, başka kim olacak?"

"Ya Blair'e ne oldu? Sakın onun da öldüğünü söyleme."

"Blair istifa etti."

"*İstifa* mı etti? Yani Blair *istifa* mı etti? Bu kadar çabuk mu? Ne zaman? Neden? Neler oluyor John? Tanrı aşkına dünyada neler oluyor?"

"Her şey değişir, Paul. Her şey değişir."

"Felsefeyi bırak. Bana Blair'in neden istifa ettiğini söyle."

"Sebebini gizli tutmaya çalışıyorlardı ama bazı sırlar saklanamaz. AIDS olmuş."

"AIDS mi? Tony Blair mi?"

"Maalesef. Bulvar gazetelerinden birinde çıktı. *Mirror*'da galiba. Sonra doğal olarak bütün gazeteler atladı. Neden, Blair'i beğenir miydin?"

"Gülünç olma. Sadece –olacak şey değil, anlamıyor musun? Hiç haberim yoktu! Şimdi öğrendikten sonra da kendimi sadece kör değil çok *aptal* hissediyorum. Kör birinin aptal olduğuna inanmayı da reddediyorum, kategorik olarak reddediyorum."

"Şey, bence–"

"Sen sadece okumaya devam et."

"Kuzey İrlanda'da feci bir katliam oldu."

"Bunda şaşacak bir şey yok. Kuzey İrlanda'da feci bir katliam olmadığını söylesen daha çok şaşırırdım."

"Kurbanlardan biri de Rahip Ian Paisley'miş."

"Bir de iyi haber yoktur derler. Devam et."

"Bill Gates, hidayete erip Hıristiyanlığı yeniden keşfettiğini ilan etti. Bütün mal varlığını hayır işlerine vakfetmeye karar verdi."

"Bu adamın adını bile duymadım. Devam et."

"O. J. Simpson intihar etti."

"İsabet. Devam et."

"Madonna, aktör Michelangelo DiCaprio'yla evleniyor."

"Kadını duydum ama adamı hiç duymadım. Devam."

"Prenses Diana, Butan'da görüldü."

"Ne?"

"Prenses Diana, Butan'da görüldü."

"Dalga geçme."

"Geçmiyorum. Bir grup Amerikalı turist Diana'yı bir tepe üzerinde görmüşler."

"Ne üzerinde?"

"Tepe."

"T. P. de neyin nesi?"

"Tepe canım, tümsek."

"Ha tepe! Biraz garip telaffuz ediyorsun."

"Tepe."

"Devam et."

"Butan'da bir tepenin üzerinde, yakarır gibi ellerini öne

uzatmış vaziyette gördüklerini iddia etmişler. Sonra da görüntü ağır ağır silinmiş. Yani burada öyle yazıyor."

"Ne saçmalık. Tam bir asparagas. Dünya bu hale gelmişse –Diana'yı, sadece Diana'yı da kastetmiyorum, *The Guardian*'ın birinci sayfasına sıvamayı uygun gördüğü her şeyi kastediyorum– her şey bu kadar değişmişse, benim bu kadar uzak kaldığım iyi olmuş demek ki."

"Devam edeyim mi?"

"Hayır, teşekkür ederim."

"Telefon. Kim arıyor acaba?"

"Ben bakarım."

"İyi olur."

"Alo?"

"Merhaba. Görüşmeyeli çok oldu. Paul, Bayan Kilbride."

"Yoo, hiç fena sayılmaz."

"Hı hı."

"Doğrusunu istersen öyle. En azından benim açımdan."

"Hayır, yemekleri ben pişiriyorum."

"John, ona *harika* yemekler yediğimizi söyle. Senin şeflerden aşağı kalmadığını söyle."

"Sir Paul *harika* yemekler yediğimizi söylememi istedi. Benim şeflerden aşağı–"

"Tabii ki hayır. Sadece sana takılıyor."

"Evet, gerçekten!"

"Yapmayın Bayan Kilbride. Sizin şu meşhur Glasgow şakacılığına ne oldu?"

"Evet, öyle."

"Evet, o da var. Peki sizden ne haber? Ne zaman döneceksiniz?"

"Ya."

"Hı hı, anladım. Ne zaman–"

"Hayır, tabii ki hayır. Joe nasıl?"

"Hiç zannetmem, Bayan Kilbride. Hayır, Joe'nun başında beklemelisiniz. Ama eminim yanlış alarmdır."

"Doğru. Söylediğiniz gibi."

"Kesinlikle. Hem–"

"Farkındayım, Bayan Kilbride. Endişelenmemenizi de söylemeyeceğim çünkü ben desem de demesem de endişeleneceksiniz nasıl olsa. Ama tahlillerin sonuçları gelene kadar kötü şeyler düşünmeseniz iyi olur."

"Evet, öyle, ama–"

"Hı hı."

"Evet."

"Bakın. Sadece –yok yok, beni dinleyin."

"Beni dinleyin. Joe'nun bakıma ihtiyacı olduğu müddetçe başında kalmanız gerek, eminim Sir Paul de benimle aynı fikirdedir. Hatta şimdi başını sallıyor."

"Onlar için yapabileceğim bir şey varsa söylesin yeter. Neye ihtiyaçları olursa. Para, şu bu."

"Duydunuz mu Bayan Kilbride?"

"Tabii, tabii, söylediğinde ciddi."

"Evet. Ne isterseniz."

"Peki, tamam. Bir de–"

"Joe'ya çok selam."
"Benden de John."
"Sir Paul de selam söylüyor."

"Tamam."

"Tamam."

"Hoşça kalın."

"Evet, öyle , hoşça kalın. Görüşürüz."

"Görüşürüz."

"İnanamıyorum, John, ne kadın! Bazı insanlara telefonu kapattırmak neden bu kadar zor?"
"Sesi çok endişeli geliyordu."
"Doğru mu anladım? Joe'nun hastalığı ciddi mi?"
"Zatürree gibi bir şey olmuş. Tahlil yaptırması gerekiyormuş."
"Ah. Ne uğursuz bir kelime."
"Bayan Kilbride, kanser olmasından korkuyor. Akciğer kanseri."
"Akciğer kanseri. Tanrım. Joe bildim bileli günde üç paket sigara içer."
"Şimdilik tahmin ediyorum hepsi evhamdan ibaret. Ama bu umduğumuzdan daha uzun süre kendi başımızın çaresine bakmamız gerektiği anlamına geliyor."
"Hmmm. Yemek işini sen halledebilecek misin? Yoksa başka birini bulmaya mı çalışayım? Gerçi kimi bulurum bilmiyorum."
"Elbette hallederim. İki kişi için yemek yapmayı gerçekten

çok seviyorum. Hem şimdiye kadar işimi de aksatmadım, değil mi?"

"Dürüst olmak gerekirse hayır. Yine de kötü oldu. Bir bakıma Bayan Kilbride'ı özleyeceğim. Genelde sinirlerimi tel tel ediyor. Yine de kocakarının evde dolanması hoşuma gidiyor. Sen burada olmasan bilmiyorum ne yapardım."

"Ama ben buradayım, Paul."

"Doğru. Buradasın."

"Eğer bir fincan daha içmeyeceksen–"

"Hayır, teşekkürler. Artık çalışma zamanı. Her şey yolunda giderse öğlene kadar işimizi bitiririz."

"Dün de öyle demiştin."

"Hı hı."

"Aklında ne var çok merak ettim, Paul."

"Bugün nasıl bir gün?"

"Havayı mı soruyorsun?"

"Evet. Güneşli gibi geliyor."

"Güneşli. Güzel bir gün. Tam bahar havası. Bu sabah köye indiğimde parkta öbek öbek çiğdemler ve fulyalar gördüm. Yeni bir yılın sonunda kendini toparlayıp oyununu sahnelemeye başladığını hissediyor insan. Neden sordun?"

"Neyi?"

"Havayı."

"Diyorum da öğlene kadar bu bölümü bitirebilirsek John, yeni bir bölüme başlamak yerine senden küçük bir keşif gezisine çıkmanı isteyebilirim."

"Londra'ya mı?"

"Hayır. Oxford'a."

"Oxford mu?"

"Evet. Oxford'a gidip benim için küçük bir araştırma daha yapmanı istiyorum. Yol bir saatten az sürüyor. Fotoğraf makineni al. Tabii bir de not defterini."

"Oxford'un belli bir yerine mi?"

"Tabii ki belli bir yerine. Malum, gezi rehberi yazmıyorum. Eski okulumu ziyaret etmeni istiyorum. Hertford. Bina ve çevresinin ayrıntılı bir betimlemesine ihtiyacım var."

"Yani sonunda geçmişle ilgilenmeye başlıyor musun?"
"Hı hı."
"Ya hayatının Oxford'dan önceki ve sonraki bölümleri?"
"Onlara ne olmuş?"
"Çocukluğunu ve gençliğini de yazacak mısın? Sahi bir ara kısa süreliğine öğretmenlik yapmamış mıydın?"

"Bunu sana kim söyledi?"
"Neyi?"
"Öğretmenlik yaptığımı."
"Şey. Hiç kimse."
"Kimse söylemedi öyle mi? Hayatın, insana kimsenin söylemesi gerekmeyen gerçeklerinden biri mi bu yani?"
"Doğrusu nerede okuduğumu–"
"Beni bir öğretmen olarak düşünebiliyor musun?"
"Bilmem. Senden çok da farklı olmayan öğretmenlerim olduğunu hatırlar gibiyim."
"Bu bir iltifat mı?"
"Ben bunu laf olsun diye söylemiştim, Paul. Bir sorun mu vardı?"
"Bu konuyu kapatalım, olmaz mı? Hayatımın ilk yıllarına gelince, bunun geleneksel bir otobiyografi olmayacağını sana baştan söylemiştim. Nadiren de olsa bir otobiyografi okuduğumda yazarın çocukluk yıllarını, soy ağacını atlardım hep. Kimin umrunda? Herkesin çocukluğu aşağı yukarı birbirine benzer. Ben o kitabı elime almışsam, nedeni, adamın çocuk olmaktan *çıktığında*, biyografisinin yazılmasını hak eden bir adam olduğunda neler yaptığıyla ilgilenmemdir. En azından *benim* görüşüm bu. Bu görüşte olduğum için de çocukluğumu okurun gırtlağına zorla boca etmek gibi bir niyetim yok. Tamam mı?"

"Evet, Paul, gayet açık. Ne zaman başlamamı istersin?"
"İşimizi bitirdikten sonra. Ya da öğle yemeğinden sonra. Hangisi daha önce biterse."
"Peki."
"Bir de John, Oxford çörtenleriyle ilgili küçük bir rehber bulabilirsen iyi olur."

"Pardon?"

"Oxford'da bir sürü çörten var, hani şu çatılardaki oluk ağızları. Çoğu da üniversitenin binalarında. Sen hepsini yakından inceleyemeyeceğine göre resimli bir rehber alman gerekecek. Her gazete bayiinde bir tane bulunur."

"Anladım."

"Senin için bir sakıncası var mı?"

"Yok canım. Ne de olsa bunun için buradayım. Hem Oxford'a gitmeyeli yıllar oldu."

"Ben de."

* * *

Gitti. Bunu ciddi ciddi düşünmem lazım. Ama tam olarak neyi düşüneceğim? Gerçekte kör olduğum gibi mecazen de mi körleştim? Oldum olası korktuğum gibi aptallaşıyor muyum? Yoksa John'un söylediği doğru mu? Yalnızlığa, kendi hayal dünyamda yaşamaya (tam bir sanatçı gibi!) fazla alıştığımdan, normalliği gayet aşikâr şeylerde bile gizli bir anormallik görmeye –duymaya, hissetmeye, artık uygun fiil her neyse– mi başladım? Sonuçta bildiğim tek şey o gizlilik. Gizliyle açığı, yabancıyla aşinayı birleştirme, uyumlu bir biçimde birleştirme yeteneğine, bu basmakalıp insan kabiliyetine sahip değilsem bunun nedeni gözleri olanların aksine, artık olduğu gibi kabullenmeye razı olabileceğim hiçbir şeyin bulunmaması. Ama John'un varlığıyla aşikâr olan, olduğu gibi kabullenilen yine hayatıma girdi ve şimdilik denge öyle bozuk ki aniden her şey çok çarpık, çok biçimsiz gibi gelmeye başladı. John sükûnetle kahvaltı masasına, benim kahvaltı masama oturup bildiğim dünyaya pek benzemeyen bir dünyayı tarif ediyor bana, bu iki dünya arasında Holbein'in 'Elçiler'iyle Rembrandt'ın otoportresi arasındaki kadar büyük fark var. Bildiğim dünya, diyorum. Ama dört yıl boyunca o dünyayla hiç temas kurmadığıma, gazete okumadığıma, telefon kullanmadığıma, televizyon seyretmediğime ve hepsinden de önemlisi hiç ilgi duymadığıma göre kim bilir bu arada neler oldu? Britanyalıların yabancı düşmanlığıyla ilgili şu eski, bayağı müzikhol esprisi geldi aklıma –"Manş Denizini sis bastı. Avrupa mahsur kaldı." Benim basiretimi de sis bastı –en hafif tabiriyle. Dünya mahsur kaldı. Ama esas mahsur kalan kendinsin, öküz herif!

Sen! Sen! Sen! Değişen sensin. John'un tarif ettiği dünya senden çok daha az değişti. Neden böyle münzeviliğe sürükledim kendimi? Neden – 'Bu da kim?'"

"Evet?"

"Merhaba?"

"Merhaba, dedim. İçeride kimse var mı?"

"Elbette var. Siz kimsiniz?"

"Ben şeyden–"

"Dur, dur bir dakika. Kapıya geleyim."

"Evet? Kimsiniz?"

"Iıı, ben... Ben şeyden... ıııı..."

"Konuşsanıza. Hiç kör görmediniz mi?"

"Evet ben –yani sizi temin ederim, sadece–"

"Rica ederim ne için geldiğinizi söyler misiniz? Benden ne istiyorsunuz?"

"Şey, ben Muhafazakâr Parti'nin bölge örgütünden geliyorum. Bildiğiniz gibi –muhtemelen bildiğiniz gibi– yakında seçim yapılacak –yerel seçimler– birkaç gün sonra –bizi destekler misiniz diye sormaya gelmiştim."

"Yani siz beni bunun için–"

"Evet, ben –sizi rahatsız ettiğim için çok üzgünüm. Ben –ben bilmiyordum– vakit ayırdığınız için çok teşekkür ederim."

"Durun."

"Efendim?"

"Durun. Evet. Tabii, benim için bir şey yapabilirsiniz. İçeri girmez miydiniz?"

"Yok, gerçekten olmaz. Teşekkür ederim –ama takdir edersiniz daha bir sürü yere–"

"Ben gulyabani değilim, sizi yemem. İçeri gelin. Fazla zamanınızı almaz."

"Yok, gerçekten de, gitsem–"

"Siz ne diyorsunuz? Kör bir adama yardım etmek için beş dakikanızı ayıramıyor musunuz?"

"Şey ben–"
"Muhafazakâr Parti bu kadar mı kibirli, nankör, şefkatten uzak bir hal aldı da talihsiz üyelerine yardım edecek zaman bulamıyor?"
"Şey, tabii, böyle söyleyince, elbette–"
"Güzel. Öyleyse içeri girin. Kapının önünde çene çalarken ikimiz de üşüteceğiz."
"Teşekkür ederim. Ama sadece bir iki dakikalığına."
"Evet, evet, biliyorum. Rica etsem kapıyı kapatır mısınız?"

"Şuraya geçelim."

"Tabii. Burası..."
"Ben burada çalışıyorum. Burası çalışma odası."
"Yaa. Demek burada çalışıyorsunuz?"
"Kâtibimle birlikte."
"Kâtibinizle..."
"Şey diyecektim. Sizin şu Muhafazakâr Parti Örgütünde?"
"Evet?"
"Bilgisayar vardır değil mi?"
"Şey, evet, tabii. Tümüyle–"
"Güzel. Ama, bir dakika, markaları Big Mac mi?"
"Ne?"
"Big Mac. Big Mac mi kullanıyorsunuz yoksa –kahretsin ötekilerin adını unuttum."
"Maalesef ne dediğinizi anlayamadım. Big Mac–"
"Bakın. Şu bilgisayara bakın."
"Bakıyorum."
"Tanıdınız mı?"
"Tabii, bu bir –bir Mac."
"Deminden beri neden boşuna çenemizi yoruyoruz ki? Demek biliyorsunuz."
"Hı hı."
"Kullanmayı da biliyor musunuz?"
"Evet. Yani, sanırım. Aynı model değil."
"Yine de kullanabilirsiniz değil mi?"
"Evet, evet. Benden tam olarak ne istiyorsunuz?"

"Sizden istediğim –şu burnunuzdan çıkan ses için bir doktora gitmelisiniz. Pek de sağlıklı bir şey değil herhalde."

"Bakın şimdi, ben–"

"Pardon, pardon. Bilirsiniz körler safi kulaktır. Ama bilgisayara geri dönersek sizden açmanızı isteyecektim."

"Açmamı mı? Sadece açayım mı?"

"Evet, sadece açın. Ben kendim yapamıyorum. Benim için açarsanız büyük iyilik etmiş olursunuz."

"Şimdi mi açayım?"

"Evet, lütfen."

"Şey, bir bakayım. Herhalde prize takılıdır. Evet, öyle görünüyor. Şu düğmeden açılıyordur herhalde. Öyle gibi."

"Tamam."

"Evet. Bu sesleri tanıyorum."

"Eğer yanılmıyorsam, her şeyin ekranda belirmesi birkaç saniye alacaktır."

"Doğru. Birazdan belirir."

"Güzel, güzel."

"Şey, Bay, ıı– başka bir şey yoksa –ben artık–"

"Yok, yok, biraz daha kalın. Sizden bir şey daha isteyeceğim."

"Kusura bakmayın, canımı yakıyorsunuz."

"Öyle mi? Özür dilerim. Ama biraz daha kalın olmaz mı?"

"Gerçekten de, zamanım–"

"Yapmayın. Size birkaç dakika demiştim, öyle de olacak."

"Peki..."

"Rica ederim oturun."

"Güzel. Bana ne gördüğünüzü söyleyin."

"Ekranda mı?"

"Ekranda."

"Şu anda fazla bir şey yok. Her zamanki ikonlar. Hard disk. Anarchie. Documents. Launcher. Java. Ve elbette çöp sepeti."

"Bütün bunlar neyin nesi yahu?"

"Bunlar programlar. Bilgisayarın içinden geliyorlar. Hard diski açmamı ister misiniz?"

"Öyle mi icap eder?"

"İşte, açtım bile. Şimdi dosyalarla belgelerin listesini görebiliyorum. Pek fazla yok zaten. Bu bilgisayar pek fazla kullanılmamış herhalde."

"Öyle mi? Bana bayağı kullanıldı gibi geliyor."

"Şey, hemen hemen hiç–"

"Yok yok, düşündüm de fazla kullanılmadı herhalde. Söyleyin, *Kapalı Kitap* diye bir şey görüyor musunuz?"

"Ne?"

"*Kapalı Kitap.* Bu başlık altında bir dosya ya da belge var mı?"

"Hayır. Öyle bir şey yok."

"Hiç mi? Emin misiniz?"

"Eminim."

"Bir şey olmalı. Tekrar bir bakın."

"Dediğim gibi yok. Sadece bir tek dosya var. Onun da adı *Hakikat*."

"*Hakikat* mi? Tabii, doğru ya. Ne aptalım. John adını değiştirmeyi unutmuş olmalı."

"Efendim?"

"Boş verin. Açabilir misiniz?"

"Şey, madem–"

"Zahmet olacak, lütfen."

"Açtım."

"Tamam. Şimdi okuyun."

"Ne? Hepsini mi?"

"Sadece ilk paragrafı. Lütfen."

"'Ben körüm. Hiç görmüyorum. Gözlerim de yok. Yani bir' –şey–"

"Devam edin, devam edin."

"Yani bir hilkat garibesiyim. Çünkü körlük gariptir, gerçekdışıdır. Ama körlüğümden daha gerçekdışı bir şey var, o da sadece görme duyumu değil gözlerim de–'"

"Gözlerim*i* de–'"

"'Gözlerim*i* de kaybettiğim halde "görmeye" devam ettiğim gerçeği. Gördüğüm belki bir "hiç" olabilir –neticede körüm– ama o "hiç", paradoksal olarak hiç de betimle gücümün ötesinde değil. Hiçbir şey görmüyorum yine de garip bir biçimde o hiçi betimleyebiliyorum.'"

"Bu kadar yeter. Evet, iyi, gayet iyi."

"Ya. Size yardımcı olabildiğim için çok memnunum–"

"Bana bir iki saniye daha katlanın. Söz veriyorum dakika bile değil sadece birkaç saniye."

"Şey, peki, ama–"

"Sonuna gidebilir misiniz?"

"Sonuna mı? Neyin sonuna?"

"Dosyanın sonuna. Bunu yapabilirsiniz değil mi?"

"Evet, yapabilirim herhalde. Bir bakayım –tamam, gittim. Şimdi ne yapayım?"

"Bana tekrar okuyun. Uygun bir yerden başlayıp okuyun. Lütfen."

"Madem öyle, rastgele bir yerden başlıyorum, uygun mu? Iıı... 'Belki paradoksal ama, *Hayaletlerin Dizinin Dibinde* yayımlandıktan sonra kendi kendime neden (benim için) benzeri görülmemiş bir ticari ve eleştirel başarı kazandığını sormadım –doğrusunu söylemem gerekirse bu kitabın herkesi memnun etmeye yazgılı olduğunu baştan biliyordum– ama bu kitabı yazmayı neden tercih ettiğimi sordum. Diğer romanlarımla öğle–'"

"*Öyle–*

"'Öyle alakasızdı, öyle yüzeysel bir üslupçuluğu ve şaşaası vardı ki –Venedik'te, daha ziyade aristokratik bir ortamda geçmesi mesela– şimdi bile ben yazmışım gibi gelmiyor. Acaba bunun –yani böyle bir kitap yazmaya karar vermemin– nedeni, kariyerim boyunca yazarların yazarı olarak tanımlandığım için bir kere olsun okurların yazarı olma isteğim miydi? Zannetmem. Okurlarımın oluşturduğu o görünmez, büyük topluluğu ne bilirim ne de anlarım.' Bu kadar yeter mi?"

"Hayır, hayır, henüz değil. Biraz daha devam edin lütfen."

"'Yoksa o zamana kadar bana kayıtsız kalmış eleştiri lobisinin kolektif gözünü çelmeyi mi umuyordum? Bunu da zannetmiyorum. Gayet iyi bildiğim bir şey var, bir eleştirmenin yargısını önceden yargılamak–"

"Pardon, biraz durur musunuz? 'Yargı' ve 'önceden yargılamak' sözlerini yan yana kullanmışım. Bunu nasıl kaçırabildim? 'Önceden yargılamak' yerine 'öngörmek' yazın. Yok, durun. 'Sezmek' yapın onu. Evet, 'sezmek' Yapabilir misiniz?"

"Gerçekten de ben–"

"Rica ediyorum. Bir saniyenizi alır."

"Yaptım."

"Devam edin."

" 'Gayet iyi bildiğim bir şey var, bir eleştirmenin yargısını önceden sezmek imkânsızdır, tabii zevkleri konusunda bilgili değilseniz; benim gördüğüm kadarıyla eleştirmenlerin çoğunun en sevdiği şey paradır. Yani sonuçta, bir kızkurusu olmaktansa bir –bir– fahişe olmayı mı tercih etmiştim? Kısacası yüzsüzce kendimi mi satmıştım? Bunu da zannetmiyorum. Kendini satan yazar bu pazarlıktan hep kârlı çıkar zira okurları kendilerini kandırılmış hisseder ve neticede eserin kendisi de kalıcı olmaz, olamaz. Ama kendi romanımın muazzam popülerliğini anlamlandırmaya çalışmayacağım bile. Doğrudan doğruya bana ait olan bir eseri nasıl yargılayabilirim ki? Polisin kendi yolsuzluklarını incelemesi gibi bir şey olurdu bu.' Burada bitiyor."

"Teşekkür ederim. Her şey yerli yerinde görünüyor. Yanlış hatırlamıyorsam kelimesi kelimesine benim dikte ettirdiğim gibi."

"Efendim?"

"Önemli değil. Sadece içimde bir kuşku vardı. Aptalca bir şey. Evet, tekrar teşekkür ederim. Çok güzel okudunuz."

"Şey ben de teşekkür ederim. Artık gidebilir miyim? Yani artık kendi işime gitmemin sizin için sakıncası var mı? Daha pek çok seçmeni dolaşmam gerekiyor."

"Tabii gidebilirsiniz."

"Teşekkürler. Bu arada, siz de Muhafazakârsınız değil mi?"

"Ben mi? Hayatımda hiç oy kullanmadım."

"İyi ama, bunu bana söylemeniz–"

"Yapmayın, dostum. Zavallı ihtiyar bir adamın iç huzuruna kavuşmasını sağladınız. Size bütün gün yetecek bir hayır işlediniz."

"Biz izci değiliz, malumunuz. Ama –evet, yine de– size yardımcı olduğum için memnunum. Madem öyle artık–"

"Rica etsem gitmeden aleti kapatır mısınız?"

"Kapattım. Yani sizin oyunuza güvenemeyeceğim, öyle mi?"

"Elbette ki hayır. Bu taraftan lütfen."

"Hatırlıyorum. Yine kolumu sıkıyorsunuz. Rica etsem bırakır mısınız?"

"Yolunuzu kaybetmeyin diye. Şuradan."

"Evet, evet, biliyorum. Ah! Ama size ne demiştim!"

"Özür dilerim, özür dilerim. Bu arada, hazır başlamışken, Cook'du değil mi? Yani başbakan."

"Cook mu?"

"Roger Cook."

"Roger Cook?"

"Ben de öyle dedim. Roger Cook."

"Televizyondaki adamı mı kastediyorsunuz?"

"Valla onu pek bilemem değil mi? Yani bunlarla. Şöyle iyice bir bakın isterseniz."

"Ooooo, ben–"

"Ne demek istediğimi anladınız mı? Peki başbakan o mu?"

"Ne? Ne? Evet, evet –siz ne diyorsanız öyledir."

"Ya Blair AIDS olmuş mu?"

"Tabii! Kesinlikle! Blair AIDS kapmış! Evet –tanrıya şükür kapıya geldik. Yani –siz zahmet etmeyin ben kendim çıkarım. Çok memnun oldum –demin de dediğim gibi– size yardım edebildiğime çok memnun oldum. Şey, ben –ııı– hoşça kalın."

"Güle güle. Yine uğra."

"Mankafa."

***

Bilgisayar yalan söylemez. Roger Cook başbakan. Anlaşılan za-

vallı Tony Blair de AIDS olmuş. Her şey yerli yerinde değil mi? Yine de. Yine de. Neden bir şeylerin yolunda gitmediği hissinden kurtulamıyorum? Kafam rahat mı? Hayır. Peki tekrar rahata kavuşacak mıyım? Merak ediyorum.

* * *

"Hassiktir!"

"Bu da neyin nesi?"

"Kitap mı bu? Ağzına ettiğimin kitabı. Kendi kendimi öldürüyordum az daha! Hangi aptal sahanlığa kitap bırakır? Açık bir kitap! Merdivenlerin tam başına!"

"Evet, kim?"

* * *

"Sen misin?"
"Evet! Hemen geliyorum! Paltomu bir asayım da!"

"Merhaba."
"Beklediğimden erken döndün."
"Trafik açıktı. Ama şansım pek açık değildi. Bir buçuk günümü aldı."
"Kendine viski alsana. Rahatlarsın. Bana da bir tane koy."
"İyi olur. Benim de ihtiyacım vardı zaten."

"Sen iyi misin Paul?"
"Homurdanmayayım şimdi."
"Seni tanıyorsam, bu homurdanmaya can atıyorsun demektir."
"Öyle mi? Sence ben böyle biri miyim?"
"Evet, hem de nasıl. Anlat bakalım. Homurdanacak ne varmış?"

"Hadi, Paul. Eninde sonunda söyleyeceksin nasıl olsa. Neden bu işi hemen aradan çıkarmıyoruz? Yine ne yaptım?"

"Neredeyse merdivenden yuvarlanacaktım."

"Ne?"

"En üst basamakta bir kitap vardı. Bu kitap."

"Ya."

"Nedir bu?"

"Viskin."

"Teşekkür ederim."

"Benim kitabım. *Proust Hayatınızı Nasıl Değiştirebilir.* Alain de Botton. Boş zamanlarımda okuyordum. Buna karşı olduğunu bilmiyordum."

"Elbette karşı değilim. Ben sadece merdivenlerden yuvarlanmaya karşıyım. Rica ederim bana gerçekten düşmediğimi hatırlatmaya zahmet etme. Neyse ki düşmedim. Demek Proust hayatınızı nasıl değiştirebilir? Sen benim hayatımı değiştirecektin neredeyse."

"Gerçekten üzgünüm, Paul. Oxford'a giderken yanıma almak istediğim için orada bırakmıştım kitabı. Evde hep merdivene bir şeyler bırakırım. Ama bu işi burada yapmak aptalca ve tehlikeliydi kuşkusuz. Gerçekten, özür dilerim."

"Neyse, kimseye zarar gelmedi. Şerefe."

"Şerefe."

"Eee? Oxford'da aradığını buldun mu? Yani benim aradığımı."

"Sanırım. İstediğin gibi Hertford'a gittim, bir sürü resim çektim ve işi garantilemek için bol bol not aldım."

"Okul binasına girdin mi?"

"Denedim ama kuralcı, dangalak bir bekçi beni durdurdu. Ona neden –kimin için– geldiğimi söylesem mi diye düşündüm ama sonra senin muhtemelen böyle bir şeyden hoşlanmayacağına karar verdim."

"İyi etmişsin. O dangalağı ne ilgilendirir?"

"Gerçi söylesem de bir işe yaramazdı. Etrafta bir sürü turist vardı, çoğu Japon, sanırım turla filan gelmişler, herif onların da hepsini dışarı püskürttü."

"Köprünün fotoğrafını çektin değil mi?"

"Elbette."
"Orta yerinde bir kalkan, kalkan gibi bir şey, bir asalet nişanı yok muydu?"
"Bilmem. Hepsi makinenin içinde."
"Bana tarif etsene."
"Dur gidip notlarımı alayım."

"Bütün o tahta perdeler ve iskeleler yüzünden doğru düzgün göremedim –anlaşılan okulu tadilattan geçiriyorlar."
"Kahrolası binayı kendi haline bırakamazlar mı? Bu ülkede kamu binalarını sarıp sarmalama manyaklığı var. Londra'yı son gördüğümde –adı neydi?– şu Macar ya da Bulgar heykeltıraş –hani her şeyi sarmalıyor; işte onun kavramsal deneylerinden birine benziyordu. Neydi adı?"
"Christo mu?"
"Evet, Christo. Çok iyi, John, çok iyi."
"Teşekkürler *–yüzünü ekşiterek cevap verdi."*
"Kes şunu. Ben böyleyim işte. Artık alışmış olman gerekirdi."
"Alıştım. Alışmaz olur muyum!"
"Bu kadar hararetli cevap vermene gerek yoktu. Devam et."
"Neye?"
"Hertford. Asalet nişanı."
"İki geyik var, meleklerin gökyüzüne taşıdığı iki geyik kafası, bir de zikzaklı bir fon önünde –fleur-delis mi denir?– işte ondan var."
"Evet. Ben de öyle hatırlıyorum. Devam et."
"İç avlu dört köşe, hemen hemen kare gibi, çimler çok bakımlı. Etrafını çevreleyen binalarda mimari açıdan dikkate değer bir şey yok, sadece sarmaşıklar var. Fıskıyeli bir havuz var, başka? Koleje giden merdivenler girişte sağda."
"Sağda mı? Sağda olduklarından emin misin?"
"Evet, ben –bir dakika. Hayır. Binaların yerleşimini kabataslak çizmiştim. Yanılmışım. Merdivenler soldaymış. Tersten bakmışım. Girerken solda."
"Doğru, solda olmaları lazım! Ah John bu sana çok önem-

siz geliyor belki ama benim için fazlasıyla önemli. En azından bazı konularda zavallı ihtiyar belleğimin beni yanıltmadığını bilmek benim için önemli."

"Oxford söz konusu olduğunda belleğine diyecek yok doğrusu."

"Cidden de öyle, değil mi? Ama öyle olmasa ayıp. Orada tam dört yıl kaldım. Dur bakayım. Yanda ne vardı?"

"Yanda mı?"

"Okul binasının yanında, köprünün hemen dibinde bir ev var değil mi? Küçücük bir ev, üzerinde pirinç bir levha vardı. Orada ünlü birisi oturuyordu. Tanrım, her gün o evin yanından geçerdim. Bir bilim adamıydı, ıııı –Edmond Halley! O evde Edmond Halley otururdu! Halley Kuyrukluyıldızı'nı keşfeden bilim adamını tanımıyor musun?"

"Öyle değil mi?"

"Halley Kuyrukluyıldızı'nı keşfetmiş olabilir ama Hertford Koleji'nin yanındaki evde oturan o değilmiş. Levha oradaydı ama üzerinde James Watt yazıyordu. Buharlı makinenin mucidi."

"James Watt mı? Ama o İskoçyalıydı!"

"Eee?"

"Yani Scott olduğundan emin misin?"

"Scott?"

"Ne?"

"Watt mı demek istedin?"

"Watt, evet, Watt! Watt olduğundan emin misin?"

"Levhanın fotoğrafını çektim."

"Çok iyi etmişsin, John. Fotoğraflar basıldığında bana gösterirsin artık."

"Kusura bakma, Paul ama ben –ben sadece gördüklerimi söyleyebilirim."

"Evet, evet!"

"Yani, demek istediğim–"

"Neyse boş ver. Ya çörtenler, çörtenlere baktın mı?

"Evet, bir rehber aldım. Çok pahalıymış."

"Dert etme. Parasını veririm."

"Evet, Paul, biliyorum verirsin. Ama söylemene gerek yoktu."

"Kusura bakma. Kusura bakma. Ben –neyse, kitabın adı neymiş?"

"*Oxford Çörtenleri ve Grotesk Süslemeleri. Rehber Eşliğinde bir Tur.*"

"*Oxford Çörtenleri ve Grotesk Süslemeleri.* Kısa ve özlü. Neye benziyorlar?"

"Şey–"

"Sormak istediğim, bana biraz da olsa benzeyen bir şey var mı aralarında?"

"Yani bu yüzden mi–"

"Elbette. Neden olacaktı ki?"

"Eee? İçlerinde bana benzeyen var mı?"

"Unutma John, bu kitap için lazım. Kılı kırk yarmanın zamanı değil."

"Doğrusu sayfalarını şöyle bir karıştırınca hayal kırıklığına uğradım."

"Neden?"

"Çünkü bana hiç de gülünç görünmediler."

"Gülünç değiller öyle mi? Yani hiçbiri bana benzemiyor? Senin de dediğin gibi hayal kırıcı."

"Burada bir tane var, Bodleian Kütüphanesi'nden. 'Bu şetaretli beyefendi' –sözler rehbere ait– 'bu şetaretli beyefendi—bu taştan cin, yani tacin' –Tacin ne demek biliyor musun?"

"Ne fark eder? Devam et."

"Bu taştan cin, yani tacin –duvardan çıkıyormuş gibi görünüyor."

"İşte bulduk. Kulağa iyi geliyor. Sri Lanka'daki hurda arabadan çıkan beni temsil edebilir."

"Olmaz."

"Neden?"

"Sırıtıyor."

"Yaa. Tekrar dene."

"Burada Brasenose'den bir tane var. 'Bir Katolik keşişi pencere pervazından sarkmış, aylak aylak burnunu karıştırıyor.'"

"Teşekkür ederim, almayayım."

"Bu tuhaf. Magdalen'den."

"Doğru telaffuz et. 'Magdalen'."

"'Magdalen.' Sadece 'Bu canavar yorum dileniyor,' yazıyor."

"Kulağa Michael Jackson gibi geliyor."

"Michael Jackson'ı *duydun* mu?"

"Elbette. Duymayan var mı?"

"Haklısın. Herhalde onunla da tanışmamışsındır?"

"Hayır. Neyse biz yine konumuza dönelim olmaz mı? Ne dersin? Bu çörten kitap için faydalı olabilir mi? İçkimi tazeler misin?"

"Peki."

"Alabilirsin."

"Teşekkürler. Çörtene geçelim mi?"

"Paul, pek memnun olmayacaksın ama bana sorarsan sana hiç benzemiyor."

"Yazık. Tüh. Devam et."

"Bu da Magdalen'den. Madem ısrar ediyorsun, bu sefer hafif bir benzerlik olduğunu söylemem lazım. Gözlerini yarı yarıya kapatırsan."

"İyi, peki. Neymiş?"

"Bu bir –kitaptan okusam daha kolay olacak. 'Canavar-insan ve timsah sembolik bir çatışmayla birbirlerine kenetlenmiş, ikisi de birbirinin dilini kapmış.'"

"İncelikli. Bir şey ima etmiyorsun ya John?"

"Neden? Ne demek istedin?"

"Madem anlamadın açıklamaya değmez. Devam et."

"Yapma, böyle–"

"Sana devam et dedim."

"Hepsi bu kadar sanırım. Yok New College'de bir şey var. Bu ilginç olabilir. Yedi Erdemi temsil eden yedi çörten. Sabır, Cömertlik, İyilik–"

"Unut gitsin. New College'de Yedi Ölümcül Günahı temsil eden çörtenler de yok muydu?"

"Evet, öteki sayfaya yayılmışlar."

"Sana, malum şahsı hatırlatan biri var mı aralarında?"

"Şey... Şöyle bir göz gezdirince, beş numara."

"Beş numara mı?"

"Pardon. Bu referans numarası. Beş numara 'Kirli Aşk'mış."

"Bu küçük oyundan bıktım. Bıktım, nokta."

"Peki. Bu akşam yürüyüşe çıkmak da gelmiyor mu içinden?"

"Evet. Evet, çıkalım. Temiz havaya ihtiyacım var. Bütün gün kafamın içinde hapis kaldım. İnsanın kendi kafasından asla kaçamaması ne kadar klostrofobik bilemezsin. Hadi hemen şimdi yürüyelim. Erkenden. Daha ışık çekilmeden."

* * *

Bir adamın kafası başkalarının göremediği batıl inançlarla dolu olabilir. Diyelim ki sokakta ne zaman bir merdiven görse etrafından dolanan ve bu yaptığının başkalarına ne kadar aptalca göründüğünün üzüntüyle farkında olan bir adam günün birinde kendini, merdiven altından geçmenin şans, etrafından dolanmanın şanssızlık getireceğine inandırdı. O andan itibaren gördüğü her merdivenin altından umursamazca geçerek yol boyunca dümdüz ilerleyecektir. Sokakta tesadüfen onun farkına varan insanlar içlerinden, İşte hiç batıl inancı olmayan bir adam, diyeceklerdir –adamın tümüyle kendine has bir batıl inancın, hem de nevrotik bir biçimde kölesi olduğunu kesinlikle anlayamayacaklardır oysa sonuçlarını göremedikleri bu batıl inanç da zıttını teşkil ettiği diğer batıl inanç kadar akıldışı ve ketleyicidir. İşte ben öyle bir adam oldum. John'la hayatımızın –neredeyse bir ayı buldu!– günlük rutini adeta karşı koyamadığım görünmez bir dizi kural ve ilkenin hükmü altında. Sanki bir uçurumun kenarında birinin peşisıra gidiyorum ve yol boyunca bana eşlik edenin boşlukta hızla aşağı kaymakta olduğunu hiç fark etmiyorum.

* * *

"O nedir Paul?"

"Ne nedir?"
"Alnındaki."
"Hiç."
"Hiç mi? Ama alnın epeyce morarmış. Tostun burada."
"Teşekkürler."
"Tereyağlı olan solda. Tereyağ ve marmelatlı sağda."
"Teşekkürler."
"Eee?"
"Ne eesi?"
"Ne oldu? Morluğu diyorum."
"Yine gardrobun kapısı."
"Gardrop kapısının nesi var?"
"Kilidinde bir bozukluk var, her zaman tam kapanmıyor. Bazen, hatta sık sık kendiliğinden açılıyor. Bunu bilmem imkânsız olduğu için çarpıyorum."
"Bu sabah da ona mı çarptın?"
"Evet."
"Anlıyorum..."
"Daha önce de oldu, tekrar olacak. Bununla yaşamayı öğrendim. Biraz daha şeker, lütfen. Son zamanlarda kahvemi biraz şekerlice seviyorum."
"Koydum."
"Teşekkürler."
"Şimdiye kadar kafanı kaç kere çarptın?"
"Altı yedi kere, herhalde."
"*Altı yedi kere* mi? Sen delirmişsin."
"Ne diyorsun?"
"Yaptırmadığına göre delirmiş olmalısın, diyorum."
"Körler ara sıra birkaç darbe yemeye hazırlıklı olmalıdır."
"Ama bu durumun çok basit bir çaresi var."
"Charles bir kere yapmaya çalıştı ama daha beter oldu."
"Charles ne yaptı bilmiyorum ama eminim ben kilidi tamir edebilirim."
"Üzerinde bu kadar durma. Önemli bir şey değil. Biraz daha dikkatli olmam lazım."
"Bir iki hafta dikkat edersin. Sonra tekrar unutursun."
"Eee, ne olmuş yani? Benim alnım değil mi?"

"Öğle yemeğinden sonra Chipping Campden'a gidiyorum. Hafta sonu için buzdolabında hiçbir şey kalmamış. Yanlış hatırlamıyorsam High Street'te bir çilingir olacaktı. İstersen yukarı çıkıp gardrop kapağının ölçüsünü alayım, sonra da gidip şu çıtçıtlardan alırım –tutucu deniyor galiba. Kapı tutucusu. Kocaman, madeni bir pergele benziyor. Oynar gönye gibi. Okuldan hatırladın mı? Neyse, kapıya vidalıyorsun ve kapıyı her açıldığında kapatıyor. Kapalı da tutuyor."

"Bence almasan daha iyi."

"Neden? Pahalı bir şey değil?"

"Masraftan kaçınmadığımı gayet iyi bilirsin."

"Neden peki? Yirmi dakikada takıveririm. Şip şak."

"Hayır dedim."

"Bunun klostrofobinle mi bir alakası var yoksa?"

"Neden öyle dedin?"

"Gardrobun çok geniş. Belki de içeride kapalı kalmaktan korkuyorsundur diye düşündüm."

"John. Söyleyen ne güzel söylemiş, dudaklarımı oku. Yeni kilit istemiyorum."

"Öylesine bir fikirdi."

"Artık çalışmaya başlayalım, olmaz mı?"

* * *

"Bana baştan okusana. Söz araya girmeyeceğim."

"Peki. Başlıyorum. 'Galler Prensesinin ölümünü ülke çapında pek çok kişinin öğrendiği şekilde öğrendim. Söz konusu pazar sabahı çok erken saatte –banyodan daha yeni çıkmıştım– bir arkadaşım telefon etti. Sesi garip bir biçimde gırtlaktan geliyordu.

"'*Eee,*' dedi, hazırlık mahiyetindeki telefon sözlerinin hiçbirini kullanmamıştı, 'habere ne diyorsun?'

"'Haber mi? Ne haberi?'

"'Yani duymadın mı?' diye bağırdı sahte bir hayretle. (Sahte diyorum çünkü 'Ne haberi?' diye sorduğum düşünülürse, haberi duymadığımın şüphe götürür tarafı yoktu.)

"'Haber, havai fişek gösterisini andıran ünlem işaretleriyle gürültülü bir biçimde patladı.

"'Diana öldü! Dodi Fayed öldü! Paparazzilerden kaçıyorlarmış! Limuzinleri Paris'te bir tünelde kaza yapmış! Paparazziler tutuklanmış!'

"'Bütün ülke gibi ben de hazırlıksız yakalanmıştım. Diana'nın ölmüş olmasından ziyade bu ölümün aniden meydana gelmiş olması şoke ediyordu insanı. Ama daha sabahın o saatinde bile arkadaşımın sesi kulağıma hafif ahenksiz gelmişti. Arkadaşım hakikaten çok üzülmüştü: daha sonra, bütün pazar gününü televizyon başında geçirdiğini öğrendim. Yine de beni ilk aradığında sesinde, ancak *korkunç coşku* diyebileceğim bir şey vardı; sadece kötü olmakla kalmayıp, *infialle* karşılanacak kadar kötü olan bir haberi verdiğini bilen birinin coşkusu. Dehşete düşmüştü ama sesinde gayet net bir coşku da vardı. Kendisi böyle bir tezi hararetle inkâr ederdi eminim ama telefonu açtığımda 'Evet, ne elim bir hadise, değil mi?' deseydim içten içe hüsrana uğrayacak hatta açıktan açığa hayal kırıklığı yaşayacaktı.

"'Herkes anlatmaya çalıştığım bu duyguyu bilir: ortak dostlarımız, meslektaşlarımız ve elbette aileden-sayılan ünlüler hakkındaki feci bir haberi, bundan henüz haberdar olmayan birine aktarırken hissettiğimiz o tüyleri diken diken eden heyecanı herkes bilir. Dostlarımızın başına gelen aksiliklerden (kimilerimizin) duyduğu sapkın tatmin, *schadenfreude* ile alakası olmayan bir heyecan türüdür. Sahici bir kederle aynı anda varolabilir. Ama 'insan doğası' başlığı altına büyük bir rahatlıkla kaydedilebilecek bir şey varsa o da bir tanıdığımızın işten atıldığı, kaza geçirdiği, tutuklandığı, intihar ettiği ya da ölümcül bir kansere yakalandığı haberini –taze boya gibi daha yaş olan bu haberi– bir başkasına iletirken yaşadığımız yarı-bastırılmış ürpertidir.

"'Bildiğim kadarıyla, bu ürpertiyi tanımlayan bir kelime yok, oysa olması lazım özellikle de artık dünya meseleleri sahnesine düştüğü için. Zira, mesela tam da Diana vakasına bakalım. Bu konuda her ne denirse densin, geçirdiği ölümcül kazaya verilen uluslararası tepkiler, McLuhan'ın günümüz dünyasının küresel bir köy olduğu kuramını doğrular nitelikteydi; bu kurama göre eşzamanlı elektronik medya sayesinde, bir yerde meydana gelen bir şey aynı anda her yerde meydana gelecekti. Tıpkı gerçek bir köyün en gösterişli ve zarif sakininin vahşi ve ani ölümüyle çalkalanması gibi küresel köy de Diana'nın ölümünü çevreleyen –'sevinçli' demeye cüret etsem mi?– çılgınlığa gömüldü.

"'Bunun nedeni içimizden herhangi birinin bu ölümü istemesi değildi. Ünlülerin beyinsiz kültürüne son derece düşmanca duygular besleyen ben bile bu kadar genç ve güzel –dahası hayatının boş boş geçip gitmesini gerçekten de istemeyen– birinin böyle dehşet verici bir sona kurban gitmesine hüzünlendim. Ama bundan kurtuluş yok. Diana'nın ölümü, trajik, manasız, ironik ya da (tüyler ürpertici kelime) ikonik deyin, ne derseniz deyin, aynı zamanda bir olguydu. Muazzam *ilginçti.*

"'Hem eşsiz de değildi; miskin bir dünyayı sonsuz aynılığın uyuşukluğundan kurtaran bültenlere koymaya değer uzun felaketler listesinin son maddesiydi sadece. Çoğumuz için Pete Townshend, Soho Cadde'sinde öldürülene kadar bir isimden, hem de manasız bir isimden ibaretti. Ağzı bozuk, menfur bir demagog (*sic!*) olan Rahip Ian Paisley de sonunda kendi ektiğini biçip öldürüldü. Tony Blair, AIDS'in zehirli hayaletiyle kuşatılmadan önce sırıtık, bön bir hiçten ibaretti. O. J. Simpson'a gelince, temize çıkması dünya çapında bir infialle karşılanmıştı ama o infialde (kim inkâr edebilir?) alttan alta müthiş heyecan verici bir *çeşni* vardı, hapse atılsa bütün dünya bu çeşniden mahrum kalırdı. Dolayısıyla sonradan intihar etmesi katmerli bir tatmin yarattı, zira davasının tescilli –hatta göze batan– adaletsizliğinin bıraktığı küskünlük izlerini silmekle kalmayıp, tekkanallı, yeknesak varlığının döngüsel alışkanlıkları ve rutinlerinden kaçmak için can atan kolektifin suçluluk ya da sorumluluk hissetmeden coşkuyla karşılayabileceği yeni bir haber başlığı da sundu.

"'Peki, benim de kısa süreliğine, kendimce maruz kaldığım böyle bir ilginin odağı haline gelmek ne demektir? İnsanın kendisinin sansasyon yaratması, heyecan nesnesi haline gelmesi ne demektir? Uçakta, emniyet kemerini sıkı sıkı bağlamış, erbezleri büzülecek denli kaskatı oturan, asabi bir uçak yolcusunu, çok aşağılarda, yerde, aylak aylak yürüyen ve nedensiz yere başını kaldırıp gökyüzünde, ardında beyaz bir iz bırakarak zarafetle ilerleyen minicik bir nesneye bakan yayadan ayıran hissedilir uçurumu düşünürüm zaman zaman. Aynı zamanda ölümün de biraz buna benzeyip benzemediğini merak ederim. Zira ölmekte olan biri için, *ölüme maruz kalan* biri için ölüm, bir uçağın, devasa, boş bir madeni silindirin içinde olmak gibidir herhalde. Oysa yanında onu gözleyen biri için ölüm, o uçağın *dışında* olmak, başının üzerinden, çok çok yukarılardan geçtiğini görmek, bu küçücük, miniminnacık şeyin içinde birilerinin olabileceğini hayal edememek gibidir. Sansasyonal bir haber olmakla, bundan sadece heyecan duymak arasındaki fark da budur belki.'"

"Bu kadar mı?"

"Bu kadar."

"Kaç kelime? Bence bin vardır. Yok, bin iki yüz."

"Bin doksan iki."

"Fena değil, fena değil. Sabah çalışması için gayet iyi. Bazı tekrarlar var ama ayarlarız. Sence nasıl?"

"Bence iyi."

"İyi mi sence?"

"Hı hı."

"Madem öyle neden o cümlenin sonunda, polislerin dediği gibi, kasten oyalanan bir soru işareti sezer gibi oluyorum?"

"Yo. Gerçekten de iyi olduğunu düşünüyorum. Çok iyi."

"Hadi, John."

"Ne?"

"Gerçekten ne düşünüyorsun?"

"Madem ısrar ediyorsun. Bana kitabın geri kalanına göre biraz daha –nasıl demeli– biraz daha... gazete makalesivari geldi."

"Neden?"

"Düşündüm de acaba..."

"Çıkar baklayı ağzından."

"Düşündüm de –yani sen yazdırırken– daha önce konuştuğumuz makaleyi yeniden mi dönüştürdün diye merak ettim. Hani *The Sunday Times*'a yazdığın makaleyi. Diana hakkındaki. Yer

yer yeni bağlama uyacak şekilde değiştirilmiş ama temelde aynı. Doğru mu?"

"Hayır. Öğle yemeğinde ne var?"

***

John dışarı çıktığı için neden mutluyum, neden rahatladım? Bu adamda ne var da kendimi onun yanında sürekli rahatsız hissediyorum? Ah, Tanrım eski bir dostum olsa. Çok yakın olmasına gerek yok sadece eski bir dost. Kör ve şekilsiz olmadığım zamanları bilen biri.

***

"Bakalım –neredeydi– burada. O kadar zor olmamalı. Hadi bakalım –kahretsin, tabii ya, hepsini değiştirdiler, şu kahrolası şeylere geçiş yaptılar –ne deniyordu? –ne? ne? ne? ne deniyordu?– siktir, dilimin ucunda ama bir türlü çıkmıyor –tıpkı hapşıracak gibi olup da hapşıramamak gibi. Ne deniyordu bunlara? Hah tuşlu! Tuşlu telefon. Evet, tuşlu... Numara çevirmek ne kolaydı, hem de çok –telefona has bir şeydi. Ama olur mu hiç, burunlarını sokmadan rahat etmezler, hiçbir şeyi kendi haline bırakamazlar, mucizevi biçimde işleyen üç beş şey bile onlardan kurtulamaz. Neyse, işimize bakalım. Andrew'nun numarası, Andrew'nun numarası, Andrew'nun numarası. Yo, inanamıyorum! Yapma. Hatırla şunu, hatırla! Tam da unutacak zamanı buldun! Dur yahu, 631'li bir şeydi. Iıı, 631 - 631- 631.3341! 631.3341! Oldu işte, sakın unutma. 631.3341. Dur bakalım, 1 şurada, bu da –bu da 3– demek şu da 6. Tamam 631'i hallettik. Şimdi – 3341 – tamam, tamam – 3 burada -bir kere daha – 4 öteki tarafta – tamam –tamam – 1 de 4'ün hemen üzerinde olacak. Tamam. Hızlı tarafından bir deneyelim. 6-3-1 ahhhh, hayır, 4'e bastım – yok, yok, 1'miş, 1 –tekrar dene. 6-3-1, oldu. Siktir, 1'den sonra ne geliyordu? 6-3-1-3-3-4-1. İyi. 3-3-4-1. 3, 3, 4, 1. 3, 3, 4, 1. Tamam. Şimdi –çevir! 6-3-3- yok, dur! Tamam, sakin, sakin, sakin ol *–ve–* 6-3-1–ıı–3–ve ikinci 3-4-1. *Et voilá.* Çocuk oyuncağı."

"Yanlış numara çevirdiniz. Lütfen kontrol edip tekrar arayın."

"Ne?"

"Yanlış numara çevirdiniz–"

"Tamam, tamam. Şunu tekrar kontrol edelim. 6, evet–3, evet–1, evet–3, evet– tekrar 3, evet–4–1. Doğru gibi. 6-3-1-3-3-4-1."

"Yanlış numara çevirdiniz. Lütfen–"

"Salak karı! *Neden* yanlışmış? Kendi numaralarınızdan bile haberiniz yok mu sizin? 631.3341. Nesi varmış bunun?"

"Tabii ya. Londra. 0171! 0171.631.3341! Evet. Tanrım, yere batasıca 7 de nerede? Bakalım. 1-2-3 –ikinci sıra– 4-5-6 –sonra 7. 1'in iki sıra altında. Tamam. 0-1-7-1-6-3-1-3-3-4-1. Hiç ses gelmiyor. 0-1-7-1- hı, hı -6-3-1-3-3-4-1."

"Nihayet."

"Aradığınız numara bağlanana kadar lütfen hatta kalın. Aradığınız numaranın beklediğinizden haberi var."

"Bu da ne?"

"Aradığınız numara bağlanana kadar lütfen hatta kalın. Aradığınız numaranın beklediğinizden haberi var."

"Evet, canım, ilk seferinde de duymuştum."

"Dur bir dakika. Sanırım –evet, sanırım bunun ne olduğunu anladım. Bu –bu –bu şu beklemeye alma zımbırtısı. Beklemeye alma kolaylığı. Hah. Beş para etmez bir dalgametre daha. Bunu neden yapıyorlar? Kendi numaramı çevirsem ne olur çok merak ediyorum. Ne? Önce mesajı duyarım. 'Aradığınız numara bağlanana kadar lütfen hatta kalın. Aradığınız numaranın beklediğinizden haberi var.' Sonra –evet, sonra telefon edilen kişi olarak hatta ben gireceğim. Ya sonra? Beni bana mı bağlamış olacaklar? Ha?"

"Bekle dur. Kahretsin. Ben hatta kalacağım, eninde sonunda birisi de cevap verecek. Senden beklenen bu değil mi? Hatta kalacaksın. Baştan başla. 6-3-1- hayır, hayır, kahretsin- tekrar -0-1-7-1-6-3-1-3-3-4-1."

"Aradığınız numara bağlanana kadar lütfen hatta kalın. Aradığınız numaranın beklediğinizden haberi var."

"Aaaah."

"Aradığınız numara bağlanana kadar lütfen hatta kalın. Aradığınız numaranın–"

"Alo?"

"Andrew Boles'la görüşecektim."

"Pardon? Andrew kim?"

"Andrew Boles."

"Kusura bakmayın burada böyle bir–"

"Saçmalama. Adam baş komisyoncu."

"Hayır, değil."

"Evet, öyle."

"Değil diyorum. Nedenini de söyleyeyim. Bu özel bir numara. Sen de her kimsen götün tekisin."

"Tanrım. Bunu hak edecek ne yaptım?"

"Numarayı yanlış mı biliyorum? 631.3341. 631.3341."

"Hayır! 631. 4-3-3-1. 631.4-3-3-1. Tamam, şimdi oldu. 631.4331. Tanrım, bütün bu çektiklerimden sonra, bütün bu çektiklerimden sonra yerinde olsan iyi olur Andrew. Hadi bakalım. 0-1-7-1-6-3-1- dur dur -4-3-3-1."

"Alo. Boles ve Whitmore. Size nasıl yardımcı olabilirim?"

"Andrew Boles'la görüşebilir miyim lütfen?"

"Bağlıyorum."

"Alo. Bay Boles'un sekreteriyle görüşüyorsunuz."

"Bana Andrew'yu verir misiniz lütfen?"

"Ne konuda görüşecektiniz?"

"Şahsi bir konu. Lütfen bağlayın."

"Kusura bakmayın ama ne konuda görüşeceğinizi–"

"Size şahsi bir mesele olduğunu söyledim. Merak etmeyin. Andrew benimle konuşmak isteyecektir."

"Yine de Bay Boles'u rahatsız etmeden önce–"

"Size son kez söylüyorum. Andrew benimle konuşmak isteyecektir. Şimdi söylediğimi yapın, ağzınızda laf gevelemeyi bırakın."

"Kim arıyor diyeyim?"

"Aaa. Geçmişten bir yüz, deyin. Yok, yok. Ona –ona– bir zamanlar dizinin dibinde oturduğu bir hayaletin aradığını söyleyin."

"Hatta kalın. Müsait mi bir bakayım."

"Paul? Paul? Gerçekten sen misin?"

"Merhaba, Andrew."

"Tanrım, sensin! Paul, nasılsın?"

"İyiyim. Bildiğin gibi işte."

"Paul, müthiş bir şey bu! Telefondakinin gerçekten sen olduğuna inanamıyorum! Tanrım, yani bunca seneden sonra."

"Dört yıl oldu, Andrew."

"Dört yıl. Hmmm. Dile kolay, az değil. Zırnık değişmemişsin, mazarat herif! En azından telefonda konuşma tarzın değişmemiş. Sekreterimin sinirlerinin tel tel olduğunu duymak hoşuna gidecektir eminim. Kadına ne dedin bilmem. Gerçi tahmin etmiyor da değilim. Ne adamsın!"

"Her zamanki gibi hoş ve makuldüm."

"Öyledir, öyledir. Neyse ama, bunu bir kenara bırakalım. Önemli olan bunca seneden sonra sadece telefonla bile olsa geri dönmüş olman –bir türlü inanamıyorum!"

"Uzun zaman oldu, Andrew. Sanırım bana, sana geldiğinden daha uzun gelmiştir."

"Mümkündür. Ama biliyorsun seni telefonla aradım, Paul. Yani umarım biliyorsundur. Defalarca telefon ettim. Tam da–"

"Biliyorum, Andrew ve –seninle konuşmayı reddetsem de beni aradığın için çok duygulanmıştım. Doğrusu aramasan çok incinirdim. Ama o sıralarda, sen de tahmin edersin–"

"Evet, evet, tahmin ederim, dostum. Neyse, şimdi hiç o meseleleri kurcalamayacağım, eminim konuşmak isteyeceğin en son şey budur. Ama şunu bilmeni isterim –nasıl demeli? Şu son dört yılda seni sık sık düşündüm. Jane de öyle."

"Teşekkür ederim, Andrew."

"Pardon. Bir saniye bekler misin Paul?"

"Evet, evet, biliyorum. Adamın telefonunu al ve işim biter bitmez onu arayacağımı söyle. Bir de Daria, bana telefon bağlama, olmaz mı? Kusura bakma Paul, nerede kalmıştık?"

"Paul?"

"Beni unutmamanı ne kadar takdir ettiğimi söylüyordum."

"Tabii unutmadım. Seni görmeyi gerçekten çok isterim. Tabii –tabii *sen* de istersen."

"Seni şaşırtacağım, Andrew, seninle görüşmekten çok memnun olacağımı söyleyeceğim. Evet. Bence bir an önce buluşalım, sadece ikimiz. Yanlış anlama. Bana hemen bir randevu vermeni istemiyorum, bu yüzden de şu şeyi karıştırmakla uğraşma."

"Ajandamı mı?"

"Hazır olduğumda ben seni ararım. Belki."

"Belki mi? Mutlaka aramalısın! Mutlaka! Israr ediyorum! Jane de. Jane'in de seni yeniden görmek için can attığını biliyorum."

"Belki öyledir Andrew. Ama artık pek hoş bir manzara teşkil etmiyorum."

"Eskiden de çok matah sayılmazdın. Bak Paul, bana söylediklerine saygı duyuyorum. Seni anlıyorum, gerçekten. İstediğin kadar bekle ama hazır olduğunda –yani birkaç eski, yakın arkadaşını tekrar görmeye hazır olduğunda– ne demek istediğimi biliyorsun –bir telefon aç yeter. Bu arada–"

"Evet?"

"Şimdi telefonu kendin mi açtın? Yani beni sen mi aradın?"

"Evet. Bir sürü yanlış numara çevirdikten sonra."

"Bu harika, Paul! Gerçekten harika! Hem bu daha başlangıç, görürsün! İnsan aklına koydu mu yapamayacağı şey yok!"

"Olabilir. Ama unutma gözsüzlük çaresi olmayan bir hastalıktır. Yani yapabileceklerimin de bir tavanı var."

"Senin düşündüğünden daha yüksek olabilir o tavan, dostum."

"Olabilir, olabilir. Doğrusu o korkunç yalnızlık yıllarına da ihtiyacım vardı Andrew. Hayatımda yeni bir şey yapmayı düşünmek için bile onları geride bırakmam gerekiyordu."

"Biliyorum."

"Bu biraz teniste bir set kazanmaya benziyor. Seti kazanmak için harcağın bütün o gayret –derken kazanıyorsun– ve her şeyi geride bırakıyorsun –küçümsemek için söylemiyorum ama –sıfırdan başlıyorsun. Anlatabildim mi?"

"Elbette, Paul. Bu –bu intibak devresinin sona ermesine çok sevindim. Doğruya doğru neye benzediğini bilmiyorum, Paul ama sesinden yine formda olduğunu anlıyorum."

"Teşekkürler. Beni himaye etmeye çalışmadığın için de teşekkür ederim Andrew. Gerçi beni himaye etmeme, açıksözlü olma, hatta göstere göstere patavatsızlık yapma gayretinde, nasıl söylemeli, azıcık yüksek sesli, birazcık gösterişçi bir şeyler var gibime geldi, değil mi? Yine de duygulandım, çok duygulandım."

"Tanrım, senden de hiçbir şey kaçmıyor. Bakıyorum da nüanslara eskisi kadar duyarlısın. Bir keresinde yazarı nüansların böcekbilimcisi diye tanımlamamış mıydın?"

"Bir kere değil, Andrew, pek çok kereler."

"Hazır konu açılmışken –acaba sorsam mı?"

"Neyi?"

"Ufukta yeni bir kitap olabilir mi bir ihtimal?"

"Madem cesaret edip sordun, cevabım evet."

"Evet mi? Bu gerçekten de müthiş, Paul! Harika bir haber! Ne kadar sevindim bilemezsin! Çok da heyecanlandım! Senin için sevindim, kendi adıma da heyecanlandım!"

"Heyecan verici değil mi?"

"Hem nasıl! Ama tam olarak neden bahsediyoruz? Hangi safhada? Henüz bir proje halinde mi? Daha küçük bir zerreden... zerreden..."

"Garip, değil mi Andrew?"

"Neyse. Aslında küçük bir zerreden biraz daha büyük."

"Tanrım, ne heyecan verici! Romandır herhalde?"

"Hayır. Aslında roman değil."

"Değil mi?"

"Otobiyografik hatırat demek yerinde olur sanırım."

"Daha iyi! Çok daha iyi! Ben seneler önce –hatırlıyor musun Paul, seni otobiyografini yazmaya ikna etmeye çalışmıştım?"

"Evet, ama–"

"Duyduklarıma inanamıyorum. Başlık buldun mu?"

"*Kapalı Kitap.*"

"Nasıl yani?"

"*Kapalı Kitap*. Kitabın başlığı *Kapalı Kitap* olacak."

"Ah, Paul..."

"Ne oldu, hoşuna gitmedi mi?"

"Ne sevmemesi! *Bayıldım*! Ba-yıl-dım. *Kapalı Kitap* dahiyane! Daha şimdiden kapağı görür gibi oluyorum, Paul. Dinle bak. Bana fikrini söyle. Kapalı bir kitap –yani kitabın kapağında kapalı bir kitap resmi olacak– sonra o kitabın –yani resimdeki– kapağında başka bir kapalı kitap resmi –doğal olarak daha küçük– sonra onun kapağında daha küçük bir kitap, bir tane daha, sonsuza kadar."

"Sadece teoride, Andrew."

"Teoride mi?"

"Yani sonsuza kadar gitmesi."

"Ukala! Hep ukalaydın zaten!"

"Bu özelliğimle gurur duyuyorum."

"Sence de harika bir kapak olmaz mı peki?"

"Kendimizi kaptırmayalım. Daha yazılması gereken çok şey var, şimdiye kadar yazılanlar çok az."

"Şimdiye kadar yazılanlar mı?"

"Evet."

"Başladın mı yani?"

"Evet, tabii."

"Beni incittin, Paul."

"Yapma."

"Hayır, ciddiyim Paul, beni incittin."

"Sen neden bahsediyorsun?"

"Bu harika, yani şaheserden şimdi mi haberim olmalıydı?"

"Yapma, Andrew, kabul et. Kitaplarımla ancak bittikten

sonra ilgilendiğini sen de gayet iyi bilirsin. Yani para getirecekleri zaman."

"Yalan, kuyruklu yalan. Para getirecek olsa da olmasa da senin yaptığın her şey benim ilgimi çeker. İstisnasız, her zaman."

"Hah! Umarım romanlarımdan birini okuduğunu iddia etmeyeceksin inşallah? Yani baştan sona."

"Ne! Yenir yutulur tarafı olmayan bu hakareti ciddiye alıp da cevap vermeyeceğim."

"Seni iyi tanırım. Telif haklarından yüzde on alırsın, kitapların da yüzde onunu okursun."

"Bu da yalan! Ne hain adamsın! Hiç değişmemişsin. Dur ama. Diyelim ki dediklerinin doğru olduğunu kabul ettim –ama kesinlikle kabul etmiyorum, bunu kafana sok, hem de hiç, sadece şu konuşmayı sürdürebilmek için lafın gelişi söylüyorum– yine de bana yeni bir şeye başladığını haber vermen gerekirdi."

"Aslında seni birkaç hafta önce aramaya çalıştım."

"Peki neden konuşamadık?"

"Yoktun."

"Büroda mı yoktum?"

"Hayır. Yurtdışındaydın."

"Yurtdışında mı? Ne zaman aradım demiştin?"

"İki üç hafta oldu."

"Bak Paul, kiminle konuştun, sana ne söylediler bilmiyorum ama bebek doğduğundan beri hiç yurtdışına çıkmadım –en son geçen yıl Frankfurt'a gitmiştim."

"Ya dünya seyahatin?"

"Neyim?"

"Dünya seyahatin?"

"Nerdeee?"

"Nasıl yani?"

"Ben hiç dünya seyahatine çıkmadım, Paul. Hem de hiç."

"Hong Kong, Avustralya, San Francisco'ya gitmedin mi?"

"Evet, bütün bu saydığın yerlerde bulundum ama hepsine

aynı anda gitmedim, hem yıllar geçti. San Francisco'ya en son seninle birlikte gitmiştik, hatırladın mı? Galiba 1990'dı."

"Paul?"

"Paul? Ne oldu?"

"O duyduğum ses de ne Paul?"

"Göz çukurlarımın bağı çözüldü de Andrew, onu duymuşsundur."

"Neyin bağı-?"

"Şimdi kapatmak zorundayım, Andrew."

"Paul? Paul, neler oluyor söyle? Birdenbire sanki–"

"Kusura bakma. Şimdi kapatmam lazım. Lütfen benimle bağlantı kurmaya çalışma. Hoşça kal, Andrew."

"Paul?"

"Hoşça kal."

* * *

Nasıl bu kadar kör olabildim! Evet, kör! Zira şimdi, Tanrı şahidimdir ve ben de Tanrı'nın şahidiyimdir ki artık kelimelerle oynamıyorum. Kör bir adamın işler durumdaki duyularının zamanla kaybolan görme duyusunu telafi ettiği efsanesi ne sığ, ne duygusal bir şeymiş meğer! Görme duyusunu kaybeden zavallı bir vahşi hayvan, son bir aydır üzerime yağan işaretlere benim kadar duyarsız kalsaydı bu mihnet diyarında fazla uzun hayatta kalamazdı. Zira işaretten yana sıkıntı yoktu ama ben çok safdildim! Ah John Ryder, John Ryder, John Ryder! Oğlummuşsun, öz oğlummuşsun gibi kendimi senin ellerine bıraktım. Gözleri olan hiç kimse sana bu kadar emniyet etmezdi. Ama gözleri olmayan ben, sana evimi açtım ve sen beni suiistimal ettin, aşağıladın, küçük düşürdün. İhtiyar kör bir adamı! Neden? Tanrı aşkına neden? Sen kimsin John Ryder? Kimsin? Benden ne istiyorsun? Çocukluğunda sineklerin kanatlarını koparmaktan hoşlanan, şimdi de ihtiyar, kör ve muhtaç insanlara işkence etmeye terfi eden, sadistlik olsun diye sadistlik yapan biri misin? Yoksa paramın peşinde misin? İmkânsız, gülünç, akıl almaz. Ama bu hikâye er ya da geç biteceği için parama sahip olamayacağını bilmen lazım. Ne peki –canımı mı istiyorsun? Neden? Yalnız, savunmasız bir ihtiyarın canını insan neden ister? Tanrım, bilmiyorum! Bilmiyorum! Bana bunun cevabını verebilecek kimsem yok. Senden başka kimse yok, bir tek sen zavallısı, bir de kör bir adamın kanatlarını koparmaktan zevk duyan o herif.

Öyle olsun John Ryder. Aydınlanmam senin elinden olacaksa olsun bakalım. Bekleyip göreceğiz.

* * *

"Geldin demek."

"Evet."

"İstediğin her şeyi aldın mı?"

"Nihayet. Chipping Campden'da her şeyi yokuşa sürüyorlar. Yani alışveriş yaparken."

"Öyle mi?"

"Burada her şey yolunda mı?"

"Hı, iyi, iyi."

"Neden çalışma odasında oturuyorsun?"

"Bilmem. Seni bekliyordum herhalde."

"Kahve ister misin?"

"Sen de içmeyeceksen istemem."

"Ben Chipping Campden'da içtim."

"Başlayalım mı?"

"Bir şey mi oldu Paul?"

"Neden olsun ki?"

"Peki, bilgisayarı açayım."

"Nerede olduğumuzu hatırlatayım mı?"

"Boşuna zahmet etme."

"Etmeyeyim mi?"

"Hayır. Sen dışarıdayken aklıma bir fikir geldi."

"Ya."

"Bana sorarsan zekice bir fikir. Doğrusu daha kitapta nereye oturtacağımı bilmiyorum –yine de şimdiye kadar kitabın yapısının ne kadar dağınık olduğu düşünülürse o kadar da önemli değil. Herhalde her şey bittiğinde yerine oturur. Ama insan bu kadar iyi bir fikir yakaladı mı bence fazla oyalanmadan kullanıma geçirmeli."

"Kulağa heyecan verici geliyor."

"Umarım öyledir."

"Yeni bir dosya açayım mı?"

"Neden olmasın? Bu yeni bir başlangıç."

"Adını ne koyalım?"

"Düşündüm de John, bu bölüme birkaç hafta önce değiştirdiğimiz başlığı koysak iyi olacak. Hatırladın mı, kitaba bulduğum ilk başlık hani? *Hakikat ve Sonuçları.*"

"İyi fikir. O zaman kısaca *Sonuçlar* yazayım, olmaz mı? Tabii bir itirazın yoksa."

"Yok. *Sonuçlar*, iyi. Senin de göreceğin gibi bence çok uygun."

"Tamam. Yazdım bile. Ben hazırım."

"Oldu. Başlıyorum –*şimdii.* 'Thomas Mann' –bu arada iki n'yle."

"Teşekkürler Paul, ama o kadarını da bilelim artık."

"'Thomas Mann bir keresinde yazarı' –tırnak aç– "başkalarından daha zor yazı yazan kişi" olarak tanımlamıştı.' Tırnağı kapat. 'Yazar olmayan biri bile onun ne demek istediğini anlayabilir. Yine de tanımlar, veciz tanımlar başlıbaşına bir tür teşkil ederler ve bu türün kesinlikle değişmez özelliklerinden biri söz konusu her tanımın cazip bir imkânsızlık, hatta paradoksla yüklü olmasıdır. Kısacası şaşırtıcı olmalıdır.'"

"Hı hı."

"'Örneğin Mann'ın tanımını ele alırsak, hepimizin gizliden gizliye farkında olduğu üzre, yazarın başkalarına göre daha *kolay* yazı yazan birisi olduğu formülasyonu daha akla yatkındır.' 'Kolay' italik. 'Ama Mann böyle bir söz sarfetmiş olsaydı kimse alıntılamaya değer bulmazdı.' Nokta. 'Doğrusunu söylemek gerekirse, Mann'ın yaptığı gibi münasip bir paradoksa inceden inceye ulaşmaya çalışmak, benim şimdi yaptığım gibi totoloji denebilecek beylik bir lafı papağan gibi tekrarlamaktan daha zor olduğundan, Mann'ın yazar tanımının, tam da iddia ettiği şeyi bizatihi kanıtlayan hoş bir örnek olduğu ileri sürülebilir.' Burada tekrar oldu. İlk baştaki 'örneğin' yerine 'mesela' yaz."

"Değiştirdim."

"Şimdi devam ediyorum. 'Her halükârda, bir yazar, yazar tanımı yaptığında aslında kendini tanımlıyordur' –tire– 'hem sadece türsel açıdan değil, münhasıran öznel açıdan. Bu yüzden de Mann'ın tanımı Henry James'e uygulanamaz' –noktalı virgül– 'tıpkı Henry James'in tanımı, diyelim Ronald Firbank'a' –F,i,r,b,a,n,k– 'Ronald Firbank'ın tanımının da bana uymayacağı gibi.'"

"İki Firbank arasına noktalı virgül koyayım mı?"

"Noktalı virgül icap ederse ben sana söylerim."

"Peki nasıl bir noktalama işareti tercih ederdin?"

"Herhangi bir şey söylemediğime göre demek ki bir şey istemiyorum. Ne noktalı virgül, ne nokta, ne de virgül. Anlaşıldı mı?"

"Paul, ben–"

"Devam ediyorum. 'Mesela benim durumum. Ben körüm. Sadece kör değilim, gözlerim de yok. Dolayısıyla–'"

"Paul?"

"Yine ne var?"

"Şey –bana kitapta yazdırdığın ilk cümle 'Ben körüm'dü. Onu hatırlatayım dedim."

"*Ve?* Hatırlatayım dedin, *başka?*"

"Sadece tekrar var. Genelde tekrarlara karşı hassassın. Farkedip fark etmediğini merak etmiştim. Belki de unutmuşsundur diye düşündüm."

"Kör olduğumu fark edip fark etmediğimi mi merak ettin? Kör olduğumu unutup unutmadığımı mı? Bunu mu merak ettin?"

"Cevap ver bana. Demek istediğin bu mu?"

"Böyle bir şey demek istemediğimi biliyorsun."

"Bilmiyorum."

"Sadece kendini tekrar ettiğini söylemiştim. Edebiyat eleştirmeni olmayabilirim ama bu tekrarı hatırlatma ihtiyacı hissettim. Hepsi bu."

"Haklısın."

"Teşekkürler."

"Edebiyat eleştirmeni değilsin."

"Buna nasıl cüret edersin? Kitabımı nasıl yazacağım konusunda bana akıl vermeye nasıl cüret edersin? Kendi kendimi tekrar ettiğimi bana –bana!– hatırlatmaya nasıl cüret edersin? Kendi kendimi tekrar ediyormuşum öyle mi? Sanki tekrar, düşünülüp taşınılmış tekrar, bir yazarın başvurabileceği en saygın üslup araçlarından biri değilmiş gibi. 'Kırmızı, kırmızı bir güldür aşkım' –o ikinci 'kırmızı'yı at, Rabbie Burns, seni rezil amatör, seni vasatlık şahikası, kendi kendini tekrar ettiğini görmüyor musun! Kendini unutma, Ryder. Nasıl bir hızlandırılmış güzel yazı yazma kursuna gittiğini bilmiyorum ama edebi üslubun nüansları ve hoşluklarını bir ikinci el araba satıcısından öğrenecek değilim."

"Kimden?"

"Her neysen. Nesrim hakkındaki fikrinin benim için beş kuruşluk değeri var mı zannediyorsun? İstediğim kadar sık 'ben körüm' yazabilirim. Sen sadece o uyduruk makinene yaz, gece okulu ferasetini de kendine sakla."

"Peki. Peki, istediğin gibi olsun."

"Güzel."

"Ama önce –önce– son bir yorumda daha bulunacağım."

"Madem istiyorsun."

"Bana sorarsan gözlerini fazla abartıyorsun."

"Anlamadım?"

"Gözlerini fazla abartıyorsun. Yani gözsüzlüğüm dediğin şeyi. Kitapta –şimdi düşündüm de özel hayatında da."

"Sen şimdi–"

"Şimdi söyleyeceğim şeylere katılmayacağını biliyorum, sana sahte bilgelik gibi görünecek ama bu söyleyeceklerimin senin iyiliğin için olduğuna inanıyorum. İstersen beni şu anda kovabilirsin, olsun. Ben diyeceğimi demiş olurum, pişman da olmam. Gözlerini fazla abartıyorsun, Paul. Körlüğünle ilgili kendi kendini iğneleyip duruyorsun. Söz oyunları, espriler. Peki tamam, kendi sakatlığına omuz silkebilmen ilk başta çok etkileyici görünüyor. İnsan, Tanrım, diye düşünüyor, benim böyle dertlerim olsa, bu kadar cesur davranabilir miydim? Ama şunu bil ki Paul, bir süre sonra insana gına geliyor. İnsanı bıktırıyor, mekanik bir hal alıyor, bir sonraki göz esprisini dehşetle beklemeye başlıyor insan, bunun yerine sızlansa daha iyi olurdu diye düşünmeye başlıyor. En azından öylesi daha, bilmiyorum, daha sağduyulu olurdu. Daha sağlıklı. Daha insanca."

"İşte. Söylemek istediklerim bunlardı. Top sende."

"Devam ediyorum. Hazır mısın?"

"Evet."

"'Mesela benim durumum. Ben körüm. Sadece kör değilim, gözlerim de yok. Dolayısıyla yazarın durumu ve mesleğine dair okurlarıma sunabileceğim her türlü içgörü' –tire– 'bu koşullarda bu kelime bir tuhaf kaçsa da' –tire–'korkunç gerçekten nasibini almadan edemeyecektir. Gömüldüğüm bu sonsuz bir gecesellik' –g,e,c,e,s,e,l,l,i,k– 'yüzünden körlükle kurmaca arasındaki o tuhaf tekabüliyet üzerine bol bol düşünme fırsatı buldum.' Nokta."

"Hı hı."

"'Zira günün birinde' –tire– 'aslında tam da bugün, siz okurun okuduğu bu bölümü yazarken, daha doğrusu yazdırırken' –tire– 'günün birinde–'"

"'Günün birinde' ibaresini kasıtlı olarak tekrar ediyorsun herhalde?"

"'Günün birinde, kör bir adam onu kuşatan dünyaya nasıl giriyorsa, bir roman okurunun da yazarın onun için yarattığı hayali dünyaya öyle girdiğini fark ettim.' Nokta. 'Yani, temel olarak diyalog ve betimleme yoluyla.' Yani'den sonrası italik."

"Tamam."

"'Bir düşünün.' Nokta. 'Okurun bir romanın geçtiği ortama dair bilgisi çok sınırlıdır, ancak yazarın onu haberdar etmeye tenezzül ettiği çok kısıtlı bir alanı, o salık verilen ve yasaklanan, kutsal bölgeyi, kurgusal arazinin o şifrelenmiş parselini bilebilir. Yazar, kendince iyi sebeplerden, mekânlarının ya da karakterlerinin dış veçhesini, gayet kabataslak geçiştirmeyi tercih ederse, okurun bu konularda daha fazla bir şey öğrenmesi mümkün değildir. Bir resmi geçidi görmek için, yolun kenarına toplanmış insanların başları üzerinden bakmaya çalışan birisi gibi sayfadaki kelimelerin üzerinden bakıp onların ardındaki dünyayı daha iyi göremez zira kuşkusuz onların ardında bir dünya yoktur.' Paragraf. 'Diyalog da aynı şekildedir. Okurun, kurgu bir eserdeki karakterleri tanımasının belki de en iyi yolu birbirleriyle girdikleri diyaloglardır. Ancak yazar anlatısında, iç monolog vasıtasıyla birinci şahıs ağzından anlatmayı tercih ederse okur, karakterlerden birinin mahrem düşünce tarzına, ruh hallerine ve motivasyonlarına vakıf olma ayrıcalığı kazanabilir.' Son iki cümleyi tekrar okur musun lütfen?"

"'Okurun, kurgu bir eserdeki karakterleri tanımasının belki de en iyi yolu birbirleriyle girdikleri diyaloglardır. Ancak yazar anlatısında, iç monolog vasıtasıyla birinci şahıs ağzından anlatmayı tercih ederse okur, karakterlerden birinin mahrem düşünce tarzına, ruh hallerine ve motivasyonlarına vakıf olma ayrıcalığı kazanabilir.'"

"Paragraf. 'Şimdi kör adamı düşünün. Roman okuru gibi o da etrafındaki nüfuz edemediği dünyaya karşı anlamlı bir dayanak noktası edinmek istiyorsa, kendini geleneksel roman söyleminin iki başat üslup parametresine muhtaç bulacaktır' –tire– 'betimleme ve diyalog. Betimlemeden kastım, kör adama bir gerçek-hayat anlatıcısının sunacağı daimi yorumculuktur, kör adamın hem mecazen hem de gerçekte elinden tutacak, kriket maçı anlatan bir yorumcu gibi ona dış dünyanın değişen görünümünü tanımlama rolünü üstlenecek, ücretli ya da ücretsiz bir refakatçidir. Tıpkı geleneksel roman okuru için olduğu gibi kör bir adam için de diyalog önemlidir; yani bu ancak refakatçilerin kendisine ya da birbirlerine söyledikleri sayesinde kör, toplumsal ve duygusal olarak bel bağladığı insanların psikolojisini anlayabilir.' Paragrafın sonu."

"John, beni takip edebiliyor musun?"

"Tabii."

"Bir müddet yazmayı bıraktın gibime geldi."

"Hepsini yazdım."

"Güzel. Devam edeyim öyleyse. Paragraf demiştim değil mi?"

"Evet."

"Demek ki hem okur hem de kör, tümüyle, sırasıyla yazarın ve ücretli refakatçinin kendilerine ilettiği bilginin doğruluğuna ve samimiyetine' –'samimiyet'i vurgula."

"Yani italik mi olsun?"

"Evet. Devam ediyorum. 'Doğruluğuna ve samimiyetine güvenmek durumundadır. Ancak söz konusu yazarın ya da refakatçinin tam manasıyla güvenilir olmaması halinde her ikisi de, hem okur hem de kör, kendini karanlıkta bulur.'"

"John?"

"Evet?"

"Bunları yazıyorsun değil mi?"

"Evet, evet. Devam et."

"Ya ben sağır oldum ya da sen olağanüstü sessiz daktilo yazmaya başladın."

"Neyse, devam ediyorum. 'Bu, sadece eleştirmenleri ve bilim adamlarını ilgilendiren, safi kuramsal bir mesele değildir. Belki tekinsiz bir paradoks gibi görünecek ama bir yazar yalan söyleyebilir' –'yalan'ı vurgula– 'bir yazar, bir kurgu eserinde *yalan* söyleyebilir' –virgül– 'özellikle de içinde bulunduğumuz postmodern dönemde örnekler muhteliftir. Ancak burada kör adamla okur arasında kurduğum benzerlik iflas edecektir, en azından öyle olacağı umulur. Elbette, yukarıda tanımladığım hayali refakatçinin, kör bir adama, tarif etmesi için gayet dolgun ücret aldığı dünyanın gerçekleri hakkında kasten yalan söylemeyi' –'yalan'ı vurgula– 'kasten *yalan* söylemeyi tercih etmesi akıl alır şey değildir. Böyle bir–"

"Sen *gerçekten* de bunların hiçbirini yazmıyorsun, John. Duyabiliyorum. Yani duyamıyorum. Tuşlara dokunduğunu duyamıyorum."

"Ne oldu? Parmağını kedi mi kaptı?"

"Bazen şaşırtıcı ölçüde inceliksiz olabiliyorsun, Paul."

"Öyle mi?"

"Yani Booker Ödülü kazanmış, İngiliz Edebiyatının Duayeni, falan filan olan senin gibi büyük bir yazar için çok kaba yöntemler kullanıyorsun."

"Sen de çok kaba bir düşmansın John Ryder."

"Neden güldüğünü sorabilir miyim?"

"Gülüyorum çünkü sonunda kitabına yakışacak başlığı buldum. *Kör Adamın Gafı.* Gerçi senin ilgini çekmez tahmin ediyorum. Biraz fazla Jeffrey Archer kokuyor."

"Çok pişkinsin, doğrusu."

"Öyle mi?"

"Evet, pişkin orospu çocuğu."

"Nedenmiş peki?"

"Sana demin ne yazdırdım? Bunların, edebiyat kuramı ve pratiği üzerine mülahazalarım olabileceği aklına gelmedi mi hiç?"

"Hayır, gelmedi."

"Hayır, gelmedi. Hemen, *hemen,* bunun aramızdaki elle tutulur gerilimle ilgili olduğunu zannettin. Hepsi bu da değil. Hiçbir kanıt, bu zannını doğrulayan hiçbir delil olmadığı halde anında elini açtın. Ben buna pişkinlik derim işte."

"Neden vakit kaybetmeli?"

"Belki de yakayı vaktinden önce ele vermişsindir."

"Hiçbir şeyi ele vermediğimi biliyorum. Seni çok iyi tanıyorum. Yine de meraktan soruyorum, Paul, sana bu ipucunu kim verdi?"

"Andrew'yla konuştum."

"Kim?"

"Andrew Boles'la. Ajansımı aradım. Sen Chipping Campden'dayken."

"Yaa. Anlıyorum. O da–"

"Doğal olarak dünya seyahatini sordum."

"Anlıyorum. Aptallık ettim. Telefonu kullanabileceğini tahmin etmemiştim. Ona benden bahsettin, öyle mi?"

"Doğrusu etmedim. Hayır. Edebilirdim ama nedense etmedim. Muhtemelen bütün bunların neyin nesi olduğunu anlamadığım içindir –hâlâ da anlamış değilim."

"Yanlış kelime, Paul, 'edebilirdim' değil 'etmeliydim' diyecektin."

"Ne?"

"Ona benden bahsetmeliydin, gerçekten. Komik. Neredeyse sana acıyacağım."

"Ya, neden?"

"Çünkü artık bir şey yapman için çok geç."

"Sen kimsin John Ryder?"

"Kim miyim? Hah. Bir aydır bana bu soruyu sormanı bekliyordum."

"Anlamıyorum."

"Öyle mi?"

"Belki de anlıyorum. Belki anlamaya başlıyorum."

"Sen birisin, değil mi?"

"Yani tanıdığım birisin, değil mi?"

"Bir aydan daha uzun süredir tanıdığım birisin."

"Yoksa değil misin?"

"Cevap ver, Tanrı aşkına."

"Evet, Paul, tanıdığın biriyim."

"Tanıdığım biri. Eskiden tanıdığım biri mi?"

"Dünya küçük, Paul. Özellikle körsen."

"Peki. Peki. Sükûnetimi muhafaza edeceğim. Kör olabilirim ama hâlâ düşünebiliyor ve konuşabiliyorum. Konuşabiliriz değil mi?"

"Evet. Pekâlâ, John. Neler olduğunu tam olarak anlamıyorum. Ama senin bana bir hıncın olduğundan şüpheleniyorum. Haklı mıyım?"

"Eğer böyle bir şey varsa, böyle bir şey varsa, John, konuşabiliriz. Bu konuda konuşabiliriz. Bana ne yaptığımı –tabii benim yaptığım bir şeyse– söyleyebilirsin ve bu konuda konuşabiliriz. Olmaz mı John?"

"Bir şey söyle! Ne olursa!"

"Evet, Paul. Konuşacağız. Daha doğrusu ben konuşacağım, sen de oturup dinleyeceksin."

"Senin için bir sakıncası yoksa ayakta durmayı tercih ederim."

"Sike sike oturacaksın. Hemen oturmazsan seni yere yapıştırırım!"

"Ne!"

"Sakın yapmam zannetme! Sırf çeneni kapamak için yaparım!"

"Aferin. Şimdi. Şimdi. Bir değişiklik yapalım ve sen beni dinle."

"Biliyor musun Paul, inanılmazsın. Şu son bir aydır katlandıklarıma inanamıyorum. 'Kendini evinde hisset, John.' 'Noktalı virgülü unutma, John.' 'Neden küçük şakama gülmedin John?' 'Yedide kokteyl içeriz, John.' Sen kendini ne bok sanıyorsun?"

"Küfür etmesen olmaz mı?"

"Kapa çeneni! O boktan sesini duymaya tahammül edemiyorum! Tek kelime daha edersen, yumruğumu kahrolası gırtlağına sokarım, bilmiş ol!"

"Güzel. Şimdi sana bir hikâye anlatacağım –bu seferki *benim* hikâyem– lafımı kesmeden oturup beni dinlersen, birden bire sana pek fena geliveren o kötü lafları fazla kullanmamaya çalışırım. Tamam mı?"

"Kısa bir süre önce, Paul, bana sinirlendiğinde, 'Kendini unutuyorsun' dedin –aynen alıntılıyorum. Şimdi şaka yapma sırası bana geldi çünkü durumu tümüyle yanlış yansıtmıştın. Hayır, Paul. Ben kendimi unutmamıştım. *Kendimi hatırlamıştım.* On bir yaşındaki halimi hatırlamıştım. Benim on bir yaşındaki halimi hatırlar mısın acaba?"

"O kocaman, şişkin beynini boşuna zorlama. Zaten sana hatırlatmak niyetindeyim."

"On bir yaşındaydım. On bir. Sıradan bir öğrenci. Yok, burası tam doğru olmadı, sıradan bir öğrenci değildim. Özel bir okula gidiyordum, sorunlu çocuklara, terbiye olmayan çocuklara, başka okulların, 'cici' okulların istemediği çocuklara ayrılmış bir okula. Her yerden kovulmuş çocuklara."

"Ama haksızlık etmeyeyim, o kadar kötü bir okul sayılmazdı. Futbol sahası, ragbi sahası, kapalı yüzme havuzu, büyük, güzel yatakhaneleri vardı. Chichester'in hemen dışında. Aha! Hatırlamaya başladın mı?"

"Tanrım!"

"Demek beni hatırlıyorsun, Paul. Yoksa hatırlamadın mı? Belki de içlerinden birini hatırlayamayacağın kadar çok çocuk vardı, ha? Aradan geçen zamanı da düşünürsek, dile kolay yirmi iki yıl. Düşünsene Paul, yirmi iki yıl. Düşüncelere daldın bakıyorum, ha? O zamanlar dünyaca ünlü bir yazar değildin. Kimsenin dikkatini çekmeyen bir iki roman yazmıştın. Yanılıyor muyum?"

"Evet, düşük ücret alan sıradan bir öğretmen. İngilizce ve beden eğitimi. Kaç çocuktan sorumluydun? Otuz mu? Kırk mı? Bu aralar çocuklarla bir pilav günü yapsak iyi olacak. Eski günleri konuşuruz."

"Biliyor musun Paul, hâlâ kendimi taltif edilmiş hissediyorum, ne de olsa gözden bendim. 'Benim küçük meleğim' derdin, 'benim küçük melek-yüzlüm'. Öğretmenin sevgilisi, derler ya hani ben öyleydim. Öğretmenin sarılmaya, okşamaya, öpmeye bayıldığı sevgilisi, hatırladın mı? Hatırlıyor musun Paul?"

"Ah, Tanrım, kes artık! Kes şunu!"

"Ya! Dünya küçük. Bunu neden söylüyorum biliyor musun Paul? Neden biliyor musun? Çünkü seneler önce ben de aynı kelimeleri haykırmıştım, 'Kes artık! Kes şunu!' Kendi sesim hâlâ kulaklarımda çınlıyor, o çığlıkların jimnastik salonunun duvarlarında yankılandığını duyuyorum hâlâ. Ama beni kimse duyamazdı, değil mi? Tıpkı şimdi seni kimsenin duyamayacağı gibi."

"Hatırladın mı Paul? En çok neyi sevdiğini hatırladın mı?"

"Çükünü çıkarırdın hatırlıyor musun? Hatırlıyor musun? Sonra ellerimi tutup, küçücük ellerimi–"

"Kes şunu! Tanrı aşkına, dur!"

"Kapa çeneni!"

"Ellerimi tutardın, sonra da onu, o büyük etli kırmızı çükünü, o zamanlar tam bir canavardı, şimdi bacaklarının arasından sarkan o zavallı muşmulaya benzemiyordu ve ellerimle onu ağzıma götürtürdün. Ağzım ancak o kadar açılabilirdi. Çok sıkı değil mi? Bunu çok sıkı bulurdun. 'Sıkı' kelimesini severdin, hatırlıyorum, çokça kullandığın bir kelimeydi. Sonra, sonra çükün ağzıma girdiğinde ve nefesim kesildiğinde –midem bulanırdı– donumu indirirdin, gri, ıslak, küçük donumu. O da sıkıydı, değil mi, o küçük gri donum da çok sıkıydı, değil mi sik kafa? Öyle sıkıydı ki burnuna sürerdin, hatırladın mı? Sonra da taşaklarımı alırdın eline, küçük, sıkı taşaklarımı ve öyle fena sıkardın ki çığlık atmak isterdim ama atamazdım, nasıl atayım, çükün yarıya kadar gırtlağıma girmiş olurdu, kocaman kırmızı, menili çükün, taşaklarımı gittikçe daha fazla sıkardın ve ağzıma boşalırdın."

"Peki ondan sonra ne yaptığını hatırlıyor musun? Ha? Harikaydı, en güzel tarafı buydu. Çükünü hızla ağzımdan çekerdin, sonra da ben kusardım, kendimi tutamazdım, beni çüküne kusturduğunda yüzünü görürdüm, görürdüm Paul ve inan bana, o anda yüzün şimdikinden bile daha dehşet verici olurdu."

"Tanrım, Tanrım, Tanrım."

"Hiç uygun değil, biliyorum. Yani *Kapalı Kitap* için. Bu konu hiç uygun değil. Gözler, körlük, gözsüzlük üzerine bütün o cafcaflı laflardan sonra okurun bünyesi bunu pek kaldırmaz. Ya, ama hayat bu, Paul. Sen kendin söylemiştin, hatırladın mı? Hayat kurallara bağlı kalmaz. İnsanın karşısına aniden hiç ummadığı bir doruk noktası çıkarır."

"Tanrım, bana ne yapacaksın?"

"Öncelikle, hikâyeme devam edeceğim, Paul. Kendimi öldürmeye çalıştığımı bilmiyordun değil mi? Jiletle. Tabii, bilmezsin. Sen okuldan ayrıldıktan sonraydı. İşini bıraktıktan sonra. *Hayaletlerin Dizinin Dibinde*, oydu değil mi? Büyük sükse yapmıştın. Booker Ödülü almıştın. Tanrı bilir kaç baskı yaptı. Büyük bütçeli Hollywood filmi çekildi. Artık bana ihtiyacın yoktu. Hiçbirimize ihtiyacın yoktu. Hem... hem biraz fazla meşhur olmuştun, değil mi? Biraz fazla göze batmaya başlamıştın. Küçük bir veledin çüküne kusmasını istiyorsan biraz yer değiştirmen, uzaklara gitmen gerekiyordu. Mesela Sri Lanka'ya, değil mi?"

"Ben de biraz yer değiştirdim. Kendi çapımda. Islahanelere girip çıktım, sokaklarda yattım, falan filan. Hep tek başıma, hep. Çünkü asla kimseye güvenmedim. Asla."

"Hı? Yorum yok mu Paul? Bir kez olsun ne diyeceğini bilemedin mi yoksa? Takma kafana, ben zaten anlatmaya devam edeceğim. Şaşıracaksın ama Paul, hikâyem bu noktada biraz şenleniyor. Hiç ummazdın değil mi ama doğrusu bu. Çünkü bir çocukla karşılaştım. Sıradan bir şey. Benim gibi sokaklara düşmüş hoş bir çocuk, adı Chris'ti ve zamanımızın çoğunu birlikte geçirmeye başladık. Sonra günün birinde Chris kendine bir iş buldu. İngilizce öğretmenliği. Tıpkı senin gibi. Tekinsiz bir rastlantı değil mi? Regent Sokağı'nda zenginlerin gittiği bir dil okulunda, onun demesi öğrencileri soyup soğana çeviren bir nevi ikinci sınıf Berlitz'de İngilizce dersleri vermeye başladı. Meğer Chris çok iyi eğitim almış, sokaklara nasıl düştü bilmiyorum, hiç sormadım, o da hiç anlatmadı ama işe girince bir ev kiraladı; ben de yanına taşındım. East End'deki belediye evlerinden biriydi."

"Orada bir müddet birlikte oturduk. Sonra günün birinde Chris'in evinde tek başıma otururken kendi kendime –kendi kendime dedim ki o yaptıysa ben de yapabilirim. Anlarsın ya? Ben de kendimi adam edebilirdim. İsmimi de işte o zaman değiştirdim –John Ryder yaptım. Önlem olsun diye değil. O zamanlar seni böyle faka bastıracağımı düşünemezdim. Sadece kendimi yeniden oluşturma, yeniden keşfetme sürecine girmiştim ve yeni kendim için yeni bir isim bulmak bana iyi gelmişti."

"Kendime bir iş aradım, sonra bulduğum her işte çalıştım, video dükkânında, müşterek bahisçide, Bermondsey Sokağı'nda kurulan pazarda, aklına gelebilecek her işte çalıştım. Uzun lafın kısası, sonunda bir borsa şirketine ulak olarak girdim. Temelde getir götür işlerine bakıyordum ama oradakilerin çoğundan daha zekiydim, hatta kendim de biriktirebildiğim üç beş kuruşla hisse alıp satıyordum ve bu işte gerçekten çok iyiydim; öyle ki bu işi evden yapsam daha iyi olacağına karar verdim. Son sekiz senedir de bu işle uğraşıyordum. Senin kapını çalana kadar."

"Hâlâ söyleyecek sözün yok mu? Ya, demek bu hikâye hoşuna gitmedi. Senin deyiminle 'postmodern' değil ha? Can sıkıcı bir gerçekçilikle dolu. Irving Welshes havasında. Hiç sana göre değil."

"Benim 'postmodern' gibi havalı bir kelimeyi bileceğimi ummazdın değil mi? Bunu sana borçluyum, Paul. Yani sen beni unuttun ama ben seni unutmadım. Seni *hiç* unutmadım. Romanlarını okudum. Röportajlarını okudum. Filmi seyrettim. Hatta televizyonda Oscar ödül törenini bile seyrettim. Kötü talih, Paul. En İyi Kostüm dalında ödül kazandı. Hiç yoktan iyidir ama."

"İzsürücü gibiydim –görünmez bir izsürücü. Çünkü son zamanlarda, insanın evinden dışarı adım atmadan da izsürücü olabileceğini keşfetmiştim. Senin izini de böyle sürdüm –televizyondan, gazetelerden, dergilerden. Kolaydı. Çocuk oyuncağı. Çok ünlüydün, Paul, her an her yerde hazır ve nazırdın. Doğru tabir değil mi?"

"Booker. Whitbread. Şövalyelik. Yaptığın her şeyi seyrettim. Gittiğin her yere ben de gittim. Görünmesem de hemen yanıbaşındaydım. Sonra günün birinde, günün birinde –güm!– Booker Ödüllü Yazar Sri Lanka'da Geçirdiği Araba Kazasında Ölümden Döndü."

"İşin komik tarafı da bu Paul. Belki de sen kaza geçirince başımın göğe erdiğini düşünebilirsin. Ama öyle değildi. Hayır, hayır, hayır! Ben ona intikam demem. Tanrı'nın intikamıydı belki. Belki Tanrı bu kadarıyla yetinebilirdi. Ama ben yetinemezdim."

"Hayır, hayır, senin geçirdiğin kaza benim için kötü haberdi. Çünkü birden her şey bıçak gibi kesildi. Hiçbir yerde görünmemeye başladın. Hâlâ Sri Lanka'da mısın, burada mısın yoksa başka bir yerde misin bilemiyordum. Bir müddet seni tümüyle kaybettiğimi düşündüm, Paul. Bu işin bittiğini düşündüm, gerçekten. Ta ki bir gün, hayatımın o en harikulade, en müstesna günü. *The Times*'ı açıp, kılpayı farkla verdiğin ilanı görene kadar, Paul; onu gözden kaçırmama ramak kalmıştı."

"Çok incelikliydi. İsim yok. Kimlik belirtilmemiş. Sadece 'kör yazar' kelimeleri. Yok yok, bu yalan oldu. 'Gözleri görmeyen yazar' demiştin, değil mi? 'Gözleri görmeyen yazar kâtip arıyor.' Anlamıştım, bunun sen olduğunu anlamıştım. İşte şimdi elimde, dedim! Şimdi onu ele geçirdim! Şimdi onun amanu fuckingensis ben olacağım!"

"Bana ne yapacaksın?"
"Dur, bekle. Daha bitmedi. En iyisini en sona sakladım."

"Ne zamandır senin şu kitapla uğraşıp duruyoruz değil mi? Adına ne demiştin? Vasiyetnamendi değil mi? Sana bir şey diyeyim mi Paul, bundan iyi isim bulamazdın. Bu kitap gerçekten de vasiyetnamen olacak. Ama işin en eğlenceli yanı ne biliyor musun, Paul? Biliyorsundur mutlaka. Şimdiye kadar tahmin etmişsindir herhalde?"

"Bu fikri bana Chris verdi. Chris'i hatırladın mı? Hani dil okulunda İngilizce öğreten arkadaşım. İngilizceyi Yabancı Dil Olarak Öğretiyor."

"Eskiden bana bundan bahsederdi. Bütün dünyadan öğrencileri olurdu, Alman işadamları, Japon öğrenciler, ne bileyim, Brezilyalı çevirmenler, her milletten karmakarışık insanlar ve hepsinin sadece tek bir dil konuşmasına izin verilirdi, İngilizce. En baştan, birinci dersten itibaren. Buna Tam Gömülme derlerdi. Yeni başlayanların sınıfında bile, 'evet', 'hayır', 'tamam', ve 'Coca-Cola' dışında tek bir İngilizce kelime bilmeyen kırk öğrenciye, lisanı sıfırdan başlayarak öğretirdi. Bana ne demişti biliyor musun? Bazen, yeni başlayanlar sınıfına girdiğinde, onlara İngilizce yerine *tümüyle kendi uydurduğu* bir dili öğretme hayali kurduğunu söylemişti. Anlıyor musun? Derse girmeden bir gece önce kafadan kelimeler uydurmayı hayal ederdi, 'ben', 'sen', 'gel', 'git', 'masa', 'sandalye' gibi kelimelere karşılık kendi kelimelerini öğretmeyi düşünürdü; öğrencilerin hiçbiri bunu anlamayacaktı ve kursun sonunda gayet akıcı bir biçimde, varolmayan bir dille birbirleriyle konuşup duracaklardı! Bu müthiş olmaz mıydı? Hepsinin aldıkları kurstan memnun, memleketlerine, Almanya'ya, Japonya'ya filan döndüklerini hayal ederdi; hemen ertesi günü çok mühim bir konferansa katılacaklar, o koca ağızlarını açıp bu tümüyle uydurma dili yumurtlamaya başlayacaklardı! Tanrım, ne gülerdik!"

"Şimdi de gülüyorum. Duyabiliyor musun, Paul? Güldüğümü duyabiliyor musun?"

"Neyse, Chris için bu bir hayaldi. Ama ben hiç unutmadım. Buraya geldiğimde bu işi gerçeğe dökeyim dedim. İşte bu yüzden kitabın bir şakadan ibaret, Paul. Çünkü içindeki her şey, bütün her şey zırva."

"Eleştirmenleri duyabiliyorum. Trajik bir vaka –erken bunama– Alzheimer – geçirdiği korkunç kazada beyni hasar görmüş. Rembrandt – Diana'nın heykeli – Hertford Koleji – St. Paul – Millenium Kubbesi – Hampstead Heath'deki Burger King. Saymakla bitmez. Isiah Berlin öldü, hayatta değil; Pete Townshend hayatta, ölmedi, Tony Blair, Saddam Hüseyin, O. J. Simpson, Salman Rushdie, Martin Amis – senin kitabın Paul bir ucube, bir budalalık muskası, bir şaka, tıpkı senin gibi bir hilkat garibesi, sarsak, geveze bir ihtiyarın tutarsız zırıltısından başka bir şey değil!"

"Tanrım, olamaz!"

"Neden kendini kâbus gördüğüne inandırmıyorsun Paul? Bana öyle demez miydin? Hatırladın mı? 'Kendini kâbus gördüğüne inandır melek-yüzlüm,' demez miydin?"

"Dur, John, beni dinle. Lütfen, beni dinle. Sana haksızlık ettim, biliyorum. Sana yaptıklarım korkunçtu, çok korkunç ve bunları telafi etmemin imkânı yok, ama –ama, sen– yani, ben zengin bir adamım John, varlıklıyım, hem de çok, bunu tazmin edebilirim, yok, yok, tabii edemem, tazmin etmemin imkânı yok, ama –ama gençsin, önünde koskoca bir hayat var ve ben o hayatı senin için yaşamaya değer bir hale getirebilirim, samimiyim John, sana –sana bütün servetimi, her şeyimi veririm John, sen sadece –John, dinliyor musun? Beni dinliyor musun John?"

"John?"

"John? Neredesin?"

"Lütfen, John, bana bunu yapma, lütfen. Zavallı, kör bir ihtiyara."

"Ne yapıyorsun John? Tanrım, lütfffpphm–"

"İşte tamam, Paul. Çok sıkmamıştır umarım. Yok, yok, iyi görünüyor."

"Merak etme. Orada fazla uzun kalmayacak."

"Hop. Ah kusura bakma. Gözlüğünü düşürmüşüm –ay aman, şimdi de üzerine bastım. Cık cık. Ne sakar elliyim. Yoksa sakar ayaklı mı demeli?"

"Neyse, fark etmez. Cehennemde kara gözlüklere ihtiyacın olmayacak."

"Şimdi sana o bantı ağzına neden yapıştırdığımı açıklayayım, Paul. Geçici bir tedbir, göz açıp kapayana kadar çıkaracağım. Öteki tarafa gittikten sonra arkamızda böyle bariz bir işaret bırakmak istemeyiz. Birisinin seni duyacağından korktuğum için ağzını bantladım zannetme. Bu ücra yerde, senin de gayet iyi bildiğin gibi Paul, sesini duyacak kimse yok."

"Sadece başına tam olarak neler geleceğini sana anlatmak istiyorum ama bağırmaya başlarsan dediklerimi duyamazsın."

"Tuhaf. Ağzın bağlı. Gözlerin de yok. Yine de yüzündeki korkuyu görebiliyorum."

"Ama ne kadar harika bir manzara olsa da sonsuza kadar burada durup seni seyredemem. Demin de söyleyecektim, daha ilk baştan –ilk karşılaşmamızdan– itibaren seni öldürmeyi aklıma koymuştum. Eminim bunu sen de anlamışsındır. Esas mesele bir yöntem bulmaktı. Cezanın suça uygun olmasını sağlamakta kararlıydım. En azından suçluya. Tahmin edeceğin gibi cezalandırılmak gibi bir niyetim de yoktu. Bu yüzden de bu konuyu uzun uzun, enine boyuna düşündüm. Sonra birden aklıma geldi. Odanda birlikte kravatlara baktığımız gündü. Bu arada Paul, şu lekelenen kravatı hatırlıyor musun, hani Cerruti marka zannettiğin kravatı? O var ya –ah, ama ne diyeceğimi çok iyi biliyorsun değil mi?"

"Neyse ben yine de söyleyeyim. Gerçekten Cerruti'ydi ve üzerinde hiç leke yoktu. Küçük şakalarımdan birisiydi sadece."

"Biliyorum, biliyorum, aptalcaydı, çocukçaydı, söylemene gerek yok. Bütün diğer küçük şakalarım gibi. Ama insana büyük keyif veriyorlar, hem doruk noktasına ağır ağır çıkmak lazım."

"Neyse, ikimiz orada durmuş kravatlarına bakıyorduk ki içimden amma da büyük bir gardrop diye geçirdim. Öyle genişti ki insan içinde ayakta durabiliyordu. Tabii fazla hareket alanı yoktu. Nefes alırken havayı da fazla sarfetmemek lazımdı. Yine de–"

"Ah ah, Paul. Yaramazlık yok. Debelenme öyle. Orada sessiz sedasız oturmazsan ben seni oturtmasını bilirim."

"Seni dolaba kapatabilirdim ama tek bir mesele vardı, sen bile oradan kurtulabilirdin. Malum sebeplerden, kapıyı dışarıdan kilitlemek de iyi bir çözüm değildi. Yine de bu fikirden hoşlanmıştım ve vazgeçmek istemiyordum; düşündüm, düşündüm ve sonunda bu sabah cevabı buldum. Kapı. Kapı sürekli açılıyor. Bu sabah da ona çarptın, hem daha önce de çarpmıştın, Bayan Kilbride bile bunu biliyor, ne mutlu bir tesadüf ki polis etrafta dolanmaya başladığında bunun faydası olacak. Bu arada Paul, son gelişmelerden seni haberdar etmek için söylüyorum, zavallı Joe Kilbride gerçekten hasta. İster inan ister inanma, bu benim yalanlarımdan biri değildi. Sadece talihim yaver gitti. Bu kadarcık şansı da hak ediyorum ama değil mi?"

"Neyse biz meselenin özüne gelelim. Hikâyem şu –yani polise anlatacağım hikâye– benden kapının kilidini değiştirmemi istemiş olacaksın, nitekim bugün değiştireceğim. Şu tutucu zımbırtılardan aldım –hani sana anlatmıştım ya, kapıyı kendiliğinden kapatan yaylardan, neyse işte bu sabah Chipping Campden'deki çilingirden bir tane aldım ve dolap kapısına takmayı planlıyorum. En fazla yarım saat sürer. Sonra bu hafta sonu, ben Londra'ya gittiğimde ve sen tümüyle yalnız kaldığında o dolabın içinde bir kravat aramış olacaksın, şu şık Charvet kravatlarından –sonra, a aaa o da ne, kravat askısı çok geride. Siktir, dediğini duyabiliyorum o taklit edilmesi imkânsız üslubunla, kravatlarımın yerini kim değiştirmiş? Sonra, kravatsız yapamayacağın için, kravat takmayınca sen sen olamayacağın için, hiç düşünmeden, kapıya yeni yay takıldığını tümüyle unutarak kravatı almak için dolabın içine gireceksin, hey presto, kapı arkandan kapanacak!"

"Mutfağa yemen için bir şeyler bırakacağım. Bir tabak söğüş et olabilir, bir şişe de Rioja. Kimse gelmeyecek. Bağırdığını kimse duymayacak. Senden başka hiç kimse. Bir de karanlık. Bir de sessizlik."

"O dolabın içinde kilitli kalacaksın, Paul, tıpkı bir kitabın sayfaları arasında kapalı kalır gibi. Kapalı bir kitabın."

"Seni içeride fazla uzun bırakmayacağım. İşi garantiye almak için pazar günü geri geleceğim. Bu kadarı yeterli olacaktır. İşi iyice garantiye almak için dolap kapısının etrafına şu koli bantını yapıştıracağım. Klostrofobinin bu işi halledeceğine güveniyorum ama her ihtimale karşı bir tedbir daha alıp havanı keseceğim. Tümüyle de havasız kalmayacaksın tabii."

"Sonra pazar sabahı bantı söküp kapıyı açacağım –Tanrı bilir beni ne bekliyor olacak. Sanırım pek hoş bir manzara olmayacaktır. Ama bana, Paul, bana şaheser gibi görünecek."

"İşte kısa hikâyemin sonuna geldik. Yüreğimden attım, geriye sadece bünyemden atmak kaldı."

"Şimdi seni yukarı çıkartmak niyetindeydim, Paul. Anladın mı? Kapağı ayarlarken yanımda olmanı tercih ediyorum, gözümün önünde ol. Evet, bana ne söylemeye çalıştığını biliyorum. Kör bir adam tek başına fazla sorun çıkaramaz. Ama ben böyleyim işte, biraz fazla temkinli."

"Tamam –dur kolunu tutayım– oldu –direnme, Paul, lütfen direnme– ne yaparsan yap kurtuluş yok. Aferin –şöyle bırak kendini biraz– güzel –güzel –böylesi ikimiz için de daha kolay. Tamam, yürü hadi –önce sağ ayak –sonra sol ayak –uslu çocuk –uslu çocuk –bu hızla göz açıp kapayana kadar merdivene gideriz –yok, yok, yok, panik yapma –seni tutuyorum –tutuyorum –söz, bırakmam –sadece dik durmaya çalış –işte böyle *–işte* böyle– aferin, çok iyi –şimdi öteki bacak –güzel –gayet iyi gidiyorsun –aferin –aferin –işte bu –çok iyi Paul, çok iyi..."

* * *

"Bay Ryder? Bay John Ryder?"

"Evet?"

"Ben Müfettiş Truex. Geleceğimi bildirmişlerdi değil mi?"

"Evet. Evet, tabii. İçeri buyrun."

"Teşekkürler. Fazla zamanınızı almamaya gayret edeceğiz."

"Rica ederim. Sizi anlıyorum. Bu taraftan. Evet, bana bildirmişlerdi. Evet. Sanırım burada otursak daha iyi olacak."

"Teşekkürler."

"Hmmm. İlginç bir oda değil mi? Tam bir yazar odası."

"Şey, madem öyle diyorsunuz. Ama kitap esas yandaki odada yazılıyordu. Çalışma odasında. Sir Paul'ün çalışma odasında. Lütfen. Lütfen buyrun. Siz –?"

"Kusura bakmayın. Bu bey Komiser Gillespie."

"Nasılsınız Komiser?"

"İyiyim, ya siz?"

"Eh işte! Lütfen siz de oturun Komiser. Size ne ikram edeyim? Bir şey içer misiniz?"

"Teşekkürler ama biz bir şey almayalım. Televizyonda polisler ne der bilirsiniz. Görev başında olmaz."

"Demek görev başındasınız?"

"Evet, doğal olarak. Ama telaşlanacak bir şey yok. Sadece formalite."

"Televizyonda bunu da söylerler."

"Haklısınız, beyefendi, haklısınız. Bu –bu talihsiz vakalarda hep soracak birkaç soru vardır. Bu görüşmeyi karakolda da yapabilirdik ama sizin evinizde konuşmayı tercih edeceğinizi düşündüm. Umarım bir sakıncası yoktur."

"Hem de hiç. Size minnettarım. Ama buradan benim evimmiş gibi bahsetmeseniz iyi olur. Ben sadece Sir Paul için çalışan biriydim. Burada bana ait hiçbir şey yok."

"Bu yüzden mi toplanıyorsunuz?"

"Toplandığımı nereden anladınız?"

"Pencerenin önündeki sedirden. Üzerinde güzelce katlanmış gömlekler duruyor."

"Gözünüzden hiçbir şey kaçmıyor, Müfettiş. Doğru, toplanıyorum. Eşyalarımın çoğu hâlâ üst katta. Artık Sir Paul de –şey, beni burada tutacak başka hiçbir şey kalmadı."

"Varislerinden değil misiniz?"

"Ben mi? Ne münasebet."

"Bunda bu kadar şaşacak ne var?"

"Hayır, hayır. Sir Paul bana maaş veriyordu. Hem de dolgun bir maaş. Ama bana miras bırakması kesinlikle söz konusu değildi. Bir an olsun aklıma böyle bir fikir gelmedi."

"Ne kadar zamandır onunla birliktesiniz? Birlikteydiniz mi demeli yoksa?"

"Bir ayı biraz geçti. Paramı da kuruşuna kadar aldım. Bu konuda bir şikâyetim yok."

"Peki ya şimdi–?"

"Şimdi mi?"

"Şimdi nereye gittiğinizi sorabilir miyim?"

"Ha. Londra'daki evime. Bildiğiniz gibi polise Londra adresimi vermiştim Müfettiş."

"Rica ederim, Bay Ryder, ortada sorun filan yok. Sadece benim doğuştan gelme merakım."

"Gidebilirim, değil mi? Yani kimseye gittiğimi bildirmeme gerek yok?"

"Elbette. Tabii. İstediğiniz zaman gidebilirsiniz."

"Peki sizin için tam olarak ne yapabilirim?"

"Doğrusu, olayın şüphe götürür tarafı yok, Bay Ryder. Gerçekten de çok nahoş bir vaka. Kazara ölüm –görünüşe göre havasızlıktan. Ama böylesi bütün vakalarda, özellikle de Sir Paul gibi mühim bir şahıs söz konusuysa, prosedürü uyguluyoruz. Elbette soruşturma açılacak. Ama sizin de takdir edeceğiniz gibi, benim işim hiçbir şeyin gözden kaçmamasını garanti altına almak."

"Elimden geldiğince sorularınızı cevaplamaya çalışacağım."

"Sir Paul'un cesedini siz bulmuştunuz değil mi?"

"Evet. Üst katta buldum. Yatak odasındaki dolapta."

"Kusura bakmayın, Bay Ryder ama –onun orada olduğunu nereden anladınız? Yani dolapta kilitli kalmıştı değil mi?"

"Evet öyle."

"Öleli de birkaç saat olmuştu herhalde?"

"Herhalde."

"Peki nereye bakacağınızı nereden bildiniz?"

"Kokudan anladım."

"Ne kokusu?"

"Bakın Müfettiş, bildiğim her şeyi polise anlattım –yani polisi çağırdığım zaman."

"Mümkünse bir de bana anlatın."

"Peki. Geri döndüğümde –hafta sonunda Londra'ya gitmiştim– onu her yerde aradım, biliyorsunuz hiçbir yere gitmesine imkân yoktu –yani tek başına– ben de tekrar odasına girdim ve tesadüfen dolabın yanından geçtim, işte o sırada, kokuyu aldım... Zavallı adam, altına yapmıştı."

"Mmm. Sizin için zor olmalı."

"O da bir şey mi Müfettiş? Yüzü –yüzündeki o ifadeyi ömrüm boyunca asla, asla unutamayacağım– yüzünde –sanki taşlaşmış– *donmuş* bir dehşet vardı. Ya elleri–"

"Elleri nasıldı?"

"Belli ki kapıyı tırmalamıştı. Tırnakları kalkmıştı –parmakları kan içindeydi –onunun da– eti kemiğine kadar sıyrılmıştı –kıpkırmızı. Korkunçtu."

"Hı hı."

"Demek burada değildiniz?"

"Evet. Söylediğim gibi hafta sonu tatiline gitmiştim. Haftasonları burada kalmam. Londra'ya giderim ve genelde pazar akşamı geri dönerim –dönerdim. Bazen pazartesi sabahı erkenden gelirdim."

"Ama cesedini pazar sabahı buldunuz değil mi?"

"Evet. Nedense erken geldim."

"Nedense dediniz. Bir nedeni yok muydu?"

"Yoktu. Londra'da biraz canım sıkılmıştı, baktım yapacak hiçbir şey yok, geri döneyim dedim. Burada artık kendimi evimde hissetmeye başladığımı söyleyebilirim. Bir ay az zaman değil. Hayatım tümüyle Sir Paul'ün hayatıyla iç içe geçmişti."

"Kitabını yazmasına yardım ediyordunuz değil mi?"

"Evet. Bu kitaba vasiyetnamem diyordu. Edebi vasiyetnamem. Ama durumu düşünüldüğünde–"

"Gözleri yok muydu?"

"Sri Lanka'da geçirdiği feci bir kazada ikisini de kaybetmiş. Dört yıl önce."

"Yani hiçbir şey göremiyor muydu?"

"Gözü yoktu, Komiser."

"Tabii ya."

"Baksana, Gillespie, neden gidip evi şöyle bir kolaçan etmiyorsun? Kim bilir, belki de Sir Paul'ün nasıl bir ruh hali içinde olduğunu bize gösterecek bir delil bulursun. Tabii sizin bir itirazınız yoksa Bay Ryder."

"Size daha önce de söyledim, Müfettiş, itiraz edecek konumda değilim. Burası benim evim değil. Sir Paul öldükten sonra kime geçtiğini de bilmiyorum ama sizin etrafa bakmanızı engelleyemem. Zaten engellemek de istemem."

"Vasiyet bırakmadan ölmüş olabilir mi?"

"Zannetmem. Ama gerçekten de bu konuda hiçbir fikrim yok."

"Bildiğiniz bir akrabası var mı?"

"Ailesinden hiç bahsetmezdi."

"Anlıyorum. Peki, Komiser, işe koyul bakalım. Etrafı şöyle bir gözden geçir."

"Peki, efendim."

"Bunların size çok gereksiz göründüğünün farkındayım, Bay Ryder ama –hiç belli olmaz."

"Mümkün olduğunca az şeye dokunmaya çalıştım. Böyle yapmak gerekiyor değil mi?"

"Cinayet vakalarında öyle. Ama böyle bir kaza söz konusu olduğunda hiç lüzum yok. Ama siz anlatmaya devam edin. Ne diyordunuz?"

"Kusura bakmayın unutmuşum, ne konuşuyorduk?"

"Sir Paul, kitabını yazmakta ona yardım edecek birini arıyormuş."

"Doğru. Bir kâtip arıyormuş. Dikte ettirdiklerini yazacak birini. *The Times*'a ilan vermişti, gözüme çarptı, onunla görüştüm ve hiç beklenmedik bir biçimde –açıkçası zırnık şansım olduğunu sanmıyordum– benden memnun kaldı, o gün bu gündür burada oturuyorum."

"Hoş bir iş miydi?"

"Sir Paul'le tanıştınız mı?"

"Hayır, beyefendi, maalesef."

"Doğrusu ben 'hoş' kelimesini kullanır mıydım bilmiyorum. Hayır, bence hakkını yemiş olurum. Bence çok tatminkârdı."

"Tatminkâr mı?"

"Evet, tatminkâr. Kitabın şekillenmeye başladığını hissetmek, bu sürecin bir parçası olmak. Evet, benim gibi biri için çok heyecan vericiydi."

"Evet. Evet, tahmin edebiliyorum. Dürüst olmak gerekirse ben hiçbir romanını okumadım. Stephen King bana daha uygun. Sizce bu roman iyi miydi?"

"Roman değildi. Bir nevi otobiyografik hatırattı."

"Ha, tabii. Söylemiştiniz."

"Hem takdir edersiniz ancak çok kısa bir bölümü yazılmıştı."

"Yine de kafanızda bir fikir oluşmuştur herhalde?"

"Şey... kitapta tuhaf şeyler vardı; Sir Paul'ün benim uyarılarıma rağmen kalmasında ısrar ettiği şeyler. Onunla tartıştığımı zannetmeyin sakın –buna cüret edemezdim– ama bunu neden yaptığını anlayamadığımı söylemek zorundayım."

"Ne dediğinizi tam olarak anlayamadım. Nasıl şeylerden bahsediyorsunuz?"

"Bir şeylere kafasını takardı, gerçekle alakası olmayan hayal ürünü bir şey ama yine de bunu ısrarla kitabında kullanırdı. Simgesel olarak, denebilir."

"Ne gibi?"

"Bilmem, belli bir örnek hatırlamak zor. Ama durun bir dakika, bir tanesini hatırladım. Şu boş heykel, Trafalgar Meydanı'ndaki boş kaide. O konuda epeyce konuştuğumuzu hatırlıyorum."

"Biraz açıklasanız."

"Bildiğiniz gibi –Londralı olmadığınız için bilmiyorsunuzdur belki de– Trafalgar Meydanı'nın dört köşesinde dört büyük kaide vardır. Ama bunların sadece üçünün üzerinde heykel bulunur. Dördüncüsü boştur. Yıllardır boş. Neyse, Sir Paul bir yerlerden bir söylenti duymuş, oraya Diana'nın heykeleni dikeceklermiş –malum kazadan sonra– ve böyle bir şey gerçekleşmediği halde ve bana sorarsanız asla gerçekleşmeyeceği halde sanki gerçekmiş gibi yazmakta ısrar etmişti. Kitapta Trafalgar Meydanı ve National Gallery hakkında bir bölüm var, nedendir diye sormayın. Neyse, böyle bir şey gerçekleşmiş gibi yazmakta ısrar etmişti. Sanki heykel dikilmiş gibi. Onu vazgeçirmeye çalıştığımı söylemeyeceğim –büyük bir yazarla tartışmak haddim değil– ama bu fikirden kuşku duyduğumu ifade etmekten –evet ifade etmekten– çekinmedim ama Paul buna çok bozuldu. Neredeyse bana oracıkta eşyalarımı toplayıp gitmemi söyleyecekti."

"Ama gitmediniz."

"Hayır, sanırım sonradan vazgeçti. Ama heykel mevzuu kitapta kaldı. Kitapta, yazdığı kadarıyla, başka bir sürü küçük –küçük anormallik var diyebiliriz. Tahmin edeceğiniz gibi ben bir daha hiç itiraz etmedim. Kitap bitmiş ve yayımlanmış olsaydı muhtemelen eleştirmenler en çok bu ayrıntılar üzerinde duracaktı."

"Mmm. Eleştirmenler çok komik. Ben yazdıklarını hiç okumam. Neyi beğeneceğimi, kimse bana tavsiye etmeden, önceden hissederim, ne demek istediğimi anladınız mı?"

"Anlamaz olur muyum!"

"Yani Sir Paul biraz aksi biri miydi?"

"Bazen. Ara sıra aksileşebiliyordu. Bir keresinde gülmeden edememiştim."

"Neye gülmüştünüz?"

"Bir keresinde bana kör olduğu için 'mükemmel' biri olmaya çalıştığını söylemişti. Bilirsiniz, içinden gelmediği halde her zaman herkese iyi davranırmış; başkalarına muhtaç ya, insanlara çok iyi davranmazsa ona yardım etmeyeceklerinden korkarmış. Kendine mükemmel diyordu. Düşünebiliyor musunuz? Mükemmel hali buysa, Tanrı bilir kazadan önce nasıldı!"

"O kadar geçimsiz miydi?"

"Şey, evet, zaman zaman. Ama sair zamanlarda, havasında olduğunda, çok nükteli konuşurdu."

"Hikâye anlatmayı sever miydi?"

"Bir yere kadar. Her şeyi tekrar etme huyu vardı. Ağzından çıkan her kelimeyi can kulağıyla dinlerdim."

"Hı hı. Sağı solu belli olmaz mıydı yani?"

"Kesinlikle. Ama insan başından geçenleri düşününce hakkında kötü bir şey söylemeye dili varmıyor. Ben onun yerinde olsam kendimi öldürmeye çalışırdım."

"İntihar, ha? Ama insanın gözleri olmayınca o kadar kolay değil."

"Doğru. Ama bir yolunu bulurdum."

"Bunun ihtihar olabileceği hiç aklınızdan geçti mi?"

"Ne? Sir Paul'ün ölümü mü?"

"Hı, hı."

"İmkânı yok. Kesinlikle olmaz."

"Bir düşünsenize, beyefendi. Geleneksel yöntemlerin hiçbirini uygulayamıyor –ümitsizliğe kapılıyor–"

"Bana inanın, Müfettiş. İntihar etmiş olamaz."

"Nasıl bu kadar emin olabiliyorsunuz?"

"Çünkü onu tanırdım. Çünkü kendisi hakkında bana söylediği ilk şeylerden biri karanlıktan fazlasıyla korktuğuydu."

"Karanlıktan mı? Kör bir adam karanlıktan neden korksun?"

"Haklısınız. Ama Sir Paul bunu bana kendisi söyledi. İnanılmaz bir klostrofobisi vardı. 'Kendimi evrende kapalı kalmış hissediyorum' demişti. Tabii bu tam ona göre bir laf. Mübalağalarından biri. Sözlerinin çoğunu karşısındakini etkilemek için sarfederdi. Ama, onu yakından tanıyınca, sözlerinin gerçeğe göründüğünden daha yakın olduğu sonucuna varmıştım."

"Ya."

"Düşündüm de Bay Ryder, bana garip geldi."

"Ne?"

"Demin söylediklerinizi düşününce dolap kapağına böyle güçlü bir yay taktırması çok garip."

"Garip mi?"

"Söylediğiniz kadar klostrofobik birinin, sonunda başına gelen şeyin gerçekleşme riskini göze alması çok garip. Yani kapının kapanıp onu içeriye hapsetmesini."

"Evet, haklısınız... Evet, ben bunu hiç düşünmemiştim."

"Muhtemelen o da düşünmemişti. Hayatlarının en büyük korkusu söz konusu olduğunda insanların ne kadar gamsız ve düşüncesiz olabildiklerini bilseniz şaşardınız. Bu arada çok yeni görünüyordu."

"Yeni görünen ne?"

"Kapının yayı. Daha yeni değiştirilmiş gibiydi. Biraz kan bulaşmıştı ama yeni değiştiği belliydi."

"Yeniydi. Aslına bakarsanız onu kapıya ben taktım."

"Öyle mi?"

"Evet."

"Sir Paul mü istedi?"

"Elbette."

"Neden böyle bir şey istemiş olabilir?"

"Anladığım kadarıyla kapının kilidinde bir sorun varmış. Kapı doğru dürüst kapanmıyordu ve Sir Paul bir iki kere kapıya kafasını çarpmıştı. Açıldığını fark etmemiş ve epeyce canı yanmış. Aslında daha geçen gün kapıya bir kez daha çarptı. Küt diye kenarına vurmuş. Kafası mosmor olmuştu. Yanlış hatırlamıyorsam, alnındaki çürük öldükten sonra da hâlâ görünüyordu."

"Evet, fark ettik."

"Neyse, bana kapıya çarptığını anlatınca isterse yeni bir yay takabileceğimi söyledim. Tutucu denen bir şey. Böyle işlere elim yatkındır."

"Tam da böyle bir yay mı istemişti?"

"Evet, öyle. Gayet iyi hatırlıyorum."

"Anlıyorum. Peki onun kadar klostrofobik biri bu kadar dar bir dolaba sizce neden girmiş olabilir?"

"O kadarını bilemeyeceğim, Müfettiş. Ama belki–"

"Evet?"

"Sizin de görebileceğiniz gibi Sir Paul'ün pek çok kıyafeti vardı. Bana öyle geliyor ki –başına gelen bu felaketten önce üstüne başına çok dikkat eden biriymiş. Doğrusu burada kaldığım süre boyunca, üzerinde eski, rüküş bir robdöşambırdan başka bir şey görmedim. Öldüğünde de üzerinde o varmış. Yine de pahalı bir şey olduğu belli. Kumaşı ipek, hem de iyi kalite. Kendini bırakmış ama bu durumda onu kim suçlayabilir? Ne diyordum, bir sürü ısmarlama takım elbisesi, ceketi vardı ve bunların dolabında hangi sıraya göre asılı olduğunu iyice ezberlemişti. Bana sorarsanız, bir ceket ya da kravat –kravat koleksiyonuyla gurur duyardı– almak için dolabın içine girmiş olmalı, belki kravat gerilerdeydi."

"Akla yatkın. Ama eski püskü bir ropdöşambırdan başka bir şey giymediğini söylediğinize göre neden özel bir şey arama zahmetine girsin? Kimin için?"

"Her zaman kravat takardı. Daima. Bir iki gün tıraş olmayı ihmal etse bile ipek kravatlarından birini takmayı asla ihmal etmezdi."

"Hiç ziyaretçisi gelir miydi?"

"Hayır."

"Hiç mi?"

"Benim burada bulunduğum bir ay boyunca tek bir kişi bile gelmedi. Tabii hafta sonlarını bilemem ama pek ihtimal vermiyorum."

"Nasıl yani, dış dünyayla hiçbir bağlantısı yok muydu?"

"Nadiren telefonda konuşurdu. Ama çok nadir."

"Ne acayip bir hayat."

"Böyle yaşamayı kendisi istiyordu. Kendi kendini tecrit etmişti, Müfettiş. Eski arkadaşlarının onu görmesi fikrine tahammül edemiyordu. Bakın başına ne işler geldi. Bazen akşamları köyde yürüyüş yapardık; yoldan geçenler durup gerçekten ağızları bir karış açık ona bakarlardı. Sir Paul bunu bilirdi. Bütün o kabadayılığına rağmen incinirdi."

"İyi ama nereden bilecek?"

"Öğrenmek için *ısrar* ederdi. Her karşılaşmadan sonra beni sıkıştırırdı. Baktılar mı? Hayret ettiler mi? Renkleri attı mı? Ne dediler? Hep bilmek isterdi. Zehri son damlasına kadar içmeden duramazdı."

"Ayy, ben olsam hiç gelemezdim."

"Siz böyle hissettiğinize göre, düşünün o kendini nasıl hissediyordu, Müfettiş."

"Doğru. Çok, çok elim bir vaka."

"Yani bu ücra, eski evde ikinizden başka kimse yok muydu?"

"I-ıh. Ben buraya ilk yerleştiğimde, her gün gelen bir kâhya kadın vardı. Buralı bir kadın, Bayan Kilbride. Ama ben geldikten bir hafta sonra kocasıyla bazı sorunları oldu. Demek istediğim, kocasının bazı sorunları, sağlık sorunları çıktı. Ağır bir grip geçirdi, sonra zatürree oldu, tam bir bilgim yok ama hastalığı daha ciddi olabilir. Akciğer kanserinden şüpheleniyorlardı. Neyse kadın eve pek uğramaz oldu ve sonunda hayatımızdan tümüyle çıktı."

"Yemekleri, ev işlerini kim yapıyordu?"

"Ben."

"Siz de şu Rönesans adamlarına benziyorsunuz, Bay Ryder."

"Hep yalnız yaşadım. İşleri ben yapmadım mı yapacak başka kimse yoktu. Yani kendi evimde."

"Anlıyorum... Hah, Willie, geldin demek. Ben de tam seni çağıracaktım. Sanırım Bay Ryder bana bildiği her şeyi anlattı."

"Maalesef pek fazla bir şey bilmiyordum."

"Zaten bilmenizi beklemiyorduk. Eee? İlginç bir şey bulabildin mi?"

"Olabilir, efendim. Ama olmayabilir de."

"Neymiş?"

"Bir günlük."

"*Günlük ha!*"

"Nerede buldun?"

"Sir Paul'ün yatak odasında. Bir çekmeceye, bir yığın eski gazetenin altına sıkıştırılmış. Çekmece kilitliydi ama açmayı başardım. Aslında orada daha birkaç tane not defteri vardı. Ama bu en yenisi gibi. İşin ilginç tarafı–"

"Ama bu imkânsız!"

"Bir dakika, Bay Ryder. İlginç olan neymiş Komiser?"

"Ama, Müfettiş, günlük filan olamaz. Sir Paul günlük yazamaz. Adam kördü, gözleri yoktu! Nasıl günlük tutsun!"

"Komiser?"

"Bunun ona ait olduğu belli. Üzerinde ismi var."

"Ama yazamıyordu! Yoksa beni neden tutsun?"

"İyi de işte günlük burada, Bay Ryder. Bekleneceği üzere el yazısı. Gerçekten de çok kötü bir yazı. Yana yatık –sanki şey gibi, ne deniyordu yahu?"

"Neye?"

"Eğik yazıya. Hani kitaplarda olur."

"İtalik mi?"

"İtalik. Aradığım kelime buydu, Müfettiş. Hepsi italik yazılmış gibi. Sayfalarca."

"Tamam, Willie, peki bu kadar ilginç olan nedir? Demin ne diyecektin?"

"Şu not defteri Bay Ryder'ın buraya gelişiyle başlamış gibi."

"Öyle mi?"

"Evet. Dinleyin. 'Perde yine pencerede çırpınıyor. Kim ne derse desin, burası kesin cereyan yapıyor.' Falan filan. Sonra devam ediyor. 'Hem Ryder şimdi şimdi kapıyı çalar, en azından ben öyle umuyorum. Zaten gecikti. Fazla değil ama yine de geç kaldı. Ben–' Burayı çıkaramadım, g'yle mi başlıyor y'yle mi?"

"Boş ver, devam et."

"'Ne demişler? Dakik' –evet, doğru dakik– deminki kelimenin ne olduğunu da anladım şimdi, 'gecikme' olmalı. Ben gecikmeye hiç gelemem. Ne demişler? Dakik olmanın en kötü tarafı karşında kıymetini bilecek kimseyi bulamamaktır. İyi de ben kıymetini bilirdim! Ama hakkını yememek lazım, Londra'dan arabayla geliyorsa –hafta sonu– hafta sonu trafiğine takılmıştır herhalde.'"

"Bu kadar mı?"

"Biraz daha var. 'Eee, Bay Ryder. Sen de buradasın ben de. Bakalım neler olacak şimdi.' 'Bakalım neler olacak şimdi.' Kör bir adamın ağzından komik geliyor."

"Mmmm. Garip ama nasıl bir adam olduğunu anlamak için insanın onu tanımasına gerek yok. Daha başka yazılar da var mı?"

"Hı hı. Sık sık yazmışa benziyor. Burada sizinle ilgili bir şeyler var Bay Ryder. 'Biraz renksiz belki, en azından şimdilik ama olsun, birbirimizi daha iyi tanıdıkça–"

"Ne oldu Komiser?"

"Kelimeler birbirine yapışık. Hah, şimdi anladım. 'açılır herhalde'. Ama tek kelime gibi yazılmış –'açılırherhalde'. Bir tane daha var bitişik. Normaldir. Zavallı ne yazdığını göremiyordu."

"Tamam. Devam et."

"'Birbirimizi daha iyi tanıdıkça açılır herhalde. Burada yaşayacaksa bu kaçınılmaz., yani –yani– saygı kötü bir başlangıç noktası değil. O kadar aptal da değil hem, öylesi münasip zaten. Yok canım, enine boyuna düşününce iyi ve uygun bir seçim yaptım. Tanrı bilir daha beter olabilirdi.' Biraz karışık bir izlenim, Bay Ryder. Ama genel itibariyle olumlu sanırım."

"Tarih var mı?"

"Hayır yok. Bir bakayım –hayır –hayır yok. 'Kendi kendime hiçbir şey öğretmemişim, hiçbir şeyi ezberlememişim demek. Geride bıraktığım onca yılın yaşandığını gösterecek hiçbir şey yok. Çaresizim, çaresizim –John olmasa, dünyada yapayalnızım. Kör, gözsüz, yüzsüz veyalnız –ve yalnız' –bunu çıkaramadım– 'ol' mu 'of' mu –yok, 't' gibi görünüyor. Otistik mi acaba?"

"'Otistik' diyelim."

"Kör, gözsüz, yüzsüz ve yalnız, otistik, görsel açıdan otistik, dünyanın –dünyanın– yeknesak –yeknesak titreşiminden sürülmüş. Hiç kimse böyle ümitsiz bir hale düşmüş müdür hiç? Dünya benim için boş bir kâğıttan, üzerine yazılmış metnin hızla solduğu boş, kara bir kâğıttan başka ne ki? O dünyayı bir kere daha görebilmek için neler vermezdim –sağ kolumu, sol kolumu, bacaklarımı, burnumu, parmaklarımı –şey, burada yazanı okuyorum– çükümü, her şeyimi! ' Vah, vah. Cidden kötü durumdaymış."

"Tamam, Willie. Biraz saygılı ol. Devam ediyor mu?"

"Evet, efendim. Neredeyse bütün defter dolmuş."

"Güzel. Bay Ryder, sizin için bir sakıncası yoksa bunu almak istiyorum."

"Ben–"

"Dediğim gibi, bize zavallı adamın ruh hali konusunda bir fikir verebilir. Kim bilir?"

"Bize zaman ayırdığınız için teşekkür ederim. Komiser?"

"Lütfen bizi geçirmeye zahmet etmeyin. Tekrar teşekkürler. Gerek duyarsak sizi nerede bulacağımızı biliyoruz. Hoşça kalın Bay Ryder."

"Güle güle."

Sait Faik Abasıyanık
- Semaver
- Sarnıç
- Şahmerdan
- Lüzumsuz Adam
- Birtakım İnsanlar
- Kayıp Aranıyor
- Havada Bulut
- Havuz Başı
- Kumpanya
- Mahalle Kahvesi
- Son Kuşlar
- Alemdağ'da Var Bir Yılan

Peter Ackroyd
- Chatterton
- İngiliz Müziği

Gilbert Adair
- Kapalı Kitap

Adalet Ağaoğlu
- Karşılaşmalar
- Romantik - Bir Viyana Yazı
- Yazsonu
- Ölmeye Yatmak
- Bir Düğün Gecesi
- Hayır
- Geçerken
- Toplu Oyunlar I, II, III
- Başka Karşılaşmalar
- "Fikrimin İnce Gülü"
- Üç Beş Kişi
- Ruh Üşümesi
- Göç Temizliği
- Gece Hayatım
- Toplu Öyküler I
- Toplu Öyküler II
- Öyle Kargaşada Böyle Karşılaşmalar

Samet Ağaoğlu
- Bütün Öyküleri

Cem Akaş
- Suç ve Ceza
- İse, Ki Değil
- Olgunluk Çağı Üçlemesi Balığın Esir Düştüğü Yer
- Sönmemiş Kireç
- Oyun İmparatorluğu

Gülten Akın
- Toplu Oyunlar

Sabahattin Kudret Aksal
- Öyküler
- Oyunlar
- Denemeler, Konuşmalar

Ömer Asım Aksoy
- Türkçe Bir Hayat

Hulki Aktunç
- Bir Çağ Yangını
- Son İki Eylül
- Erotologya? - Bir Türk Erotologya'sına Giriş İçin Denemeler

Sabahattin Ali
- Bütün Öyküler 1
- Bütün Öyküler 2
- Kürk Mantolu Madonna
- İçimizdeki Şeytan
- Markopaşa Yazıları ve Ötekiler
- Kuyucaklı Yusuf
- Çakıcı'nın İlk Kurşunu

Çetin Altan
- Şeytanın Gör Dediği
- Kalem Bahçelerinden Yedi Hayat
- Kadın, Işık ve Ateş
- Kavak Yelleri ve Kasırgalar

Selçuk Altun
- "Yalnızlık Gittiğin Yoldan Gelir"
- "Bir Sen Yakınsın Uzakta Kalınca"

Melih Cevdet Anday
- Dilimiz Üstüne Konuşmalar

Nurullah Ataç
- Günlerin Getirdiği - Sözden Söze
- Karalama Defteri - Ararken
- Diyelim - Söz Arasında
- Okuruma Mektuplar - Prospero
- Günce (2 cilt)
- Söyleşiler
- Dergilerde

Yusuf Atılgan
- Aylak Adam
- Anayurt Oteli

Canistan
Bütün Öyküleri

Ece Ayhan
Morötesi Requiem
Başıbozuk Günceler
Aynalı Denemeler
Dipyazılar
Sivil Denemeler Kara
Hay Hak! Söyleşiler
Bir Şiirin Bakır Çağı

Semih Balcıoğlu
Önce Çizdim, Sonra Yazdım

Tuna Baltacıoğlu
Yeni Adam Günleri
Savaş İçinde Barış

Selçuk Baran
Güz Gelmeden

Roland Barthes
S/Z

Enis Batur
E/Babil Yazıları
Yazının Ucu
Bu Kalem Melûn©
Bu Kalem Bukalemun
Aciz Çağ - Faltaşları
Issız Dönme Dolap
Acı Bilgi
Smokinli Berduş
Kum Saatından Harfler
Başka Yollar

Taner Baybars
Uzak Ülke:
Bir Kıbrıs Çocukluğu

Yiğit Bener
Eksik Taşlar

Walter Benjamin
Tek Yön

İlhan Berk
El Yazılarına Vuruyor Güneş
Uzun Bir Adam
İnferno
Kanatlı At
Logos
Poetika

Niyazi Berkes
Asya Mektupları

Thomas Bernhard
Odun Kesmek
Bitik Adam
Eski Ustalar

Louis De Bernières
Yüzbaşı Corelli'nin Mandolini

Alain de Botton
Aşk Üzerine

Aydın Boysan
Yüzler ve Yürekler

Louis Breger
Freud- Görüntünün
Ortasındaki Karanlık

Cihat Burak
Cardonlar
Yakutiler

Michel Butor
Michel Butor Üstüne Doğaçlamalar

A.S. Byatt
Çeşm-i Bülbülün İçindeki Cin

Italo Calvino
Görünmez Kentler

Anton Çehov
Yeni Bulunmuş Hikâyeler

Asaf Hâlet Çelebi
Bütün Yazıları

Ayşegül Çelik
Korku ve Arkadaşı

Burçak Çerezcioğlu
Mavi Saçlı Kız

Osamu Dazai
Batan Güneş

Gilles Deleuze - Félix Guattari
Kafka-Minör Bir Edebiyat İçin

Osman Deniz
Parola Harbiyeli Aldanmaz

Oğuz Demiralp
Okuma Defteri
Kutup Noktası
Kör Okur

Mehmet H. Doğan
Şiir ve Eleştiri

Tekrarın Tekrarı
Şiir, Bugün

Ahmet Muhip Dranas
Yazılar

Sezer Duru-Orhan Duru (haz.)
O Pera'daki Hayalet

Ferit Edgü
Doğu Öyküleri
Yazmak Eylemi
Seyir Sözcükleri
Kimse
O / Hakkari'de Bir Mevsim
Av
Çığlık
Tüm Ders Notları
Bir Gemide
Eylülün Gölgesinde Bir Yazdı
İşte Deniz, Maria

Leylâ Erbil
Eski Sevgili
Tuhaf Bir Kadın
Zihin Kuşları
Gecede
Mektup Aşkları
Hallaç
Karanlığın Günü
Tezer Özlü'den Leylâ Erbil'e Mektuplar
Cüce

Moris Farhi
Yabanda Yolculuk

William Faulkner
Abşalom, Abşalom!
Kurtar Halkımı Musa

Max Frisch
Stiller

Beşir Fuad
Şiir ve Hakikat

Memet Fuat
Duyumsanmayan Karanlık

Füruzan
Berlin'in Nar Çiçeği
Gül Mevsimidir
Parasız Yatılı
Balkan Yolcusu
Gecenin Öteki Yüzü
Kırkyedi'liler
Benim Sinemalarım
Kuşatma
Redife'ye Güzelleme
Yeni Konuklar
Ev Sahipleri
Sevda Dolu Bir Yaz

Adèle Geras
Troya

Akşit Göktürk
Çeviri: Dillerin Dili
Ada
Okuma Uğraşı
Sözün Ötesi

Eser Gürson
Edebiyattan Yana

Hermann Hesse
Narziss ve Goldmund
Boncuk Oyunu

Doğan Hızlan
Saklı Su
Güncelin Çağrısı
Mavi Bereli
Şiir Çilingiri
Düzyazı Ayracı

Sâdık Hidâyet
Aylak Köpek
Diri Gömülen
Vejetaryenliğin Yararları
Hacı Aga
Üç Damla Kan
Kör Baykuş
Alacakaranlık

Kurt Hofmann
Thomas Bernhard'la Konuşmalar

Park Honan
Shakespeare: Bir Yaşam

Vecihi Hürkuş
Bir Tayyarecinin Anıları

küçük İskender
Cangüncem

Seyfi Karabaş
Dede Korkut'ta Renkler
Güneş Karabuda
İndim Zaman Bahçesine
Zaman Bahçesinden Portreler
Şadan Karadeniz
Ölümsüz Adagio'lar
Anna Kavan
Buz
Hamdi Koç
Melekler Erkek Olur
Uğur Kökden
Geçmişe Açılan Pencere
Düşlerin Günbatımı
Uzun Gecenin Tutsakları-
Barış Derneği Cezaevi Günlüğü (1982)
Kuğular, Kanallar, Salkımsöğütler
Onat Kutlar
Gündemdeki Sanatçı
İshak
D.H. Lawrence
Lady Chatterley'in Sevgilisi
Jean Leproux
Renée Vivien'den Kerime'ye Mektuplar
Amin Maalouf
Ölümcül Kimlikler
Semerkant
Afrikalı Leo
Tanios Kayası
Yüzüncü Ad
Doğunun Limanları
Uzaktan Aşk
Nasuh Mahruki
Bir Hayalin Peşinde - Yedi Zirveler
Bir Dağcının Güncesi
Everest'te İlk Türk
Asya Yolları, Himalayalar ve Ötesi
Giorgio Manganelli
Düzyazının İnce Sesi
Alberto Manguel
Okumanın Tarihi
Nezihe Meriç
Korsan Çıkmazı
Yandırma
Toplu Öyküler 1
Toplu Öyküler 2
Gustav Meyrink
Golem
İlhan Mimaroğlu
New York Kapı Dışı Sanatı
Robert Musil
Yaşarken Açılan Miras
Rauf Mutluay
Sebiller Su Vermiyor
Fethi Naci
Türk Romanında Ölçüt Sorunu
Eleştiri Günlüğü- I (1980-1986)
Gücünü Yitiren Edebiyat
Eleştiri Günlüğü- II (1986-1990)
Roman ve Yaşam
Eleştiri Günlüğü- III (1991-1992)
"Dünya Bir Gölgeliktir"
Emin Nedret İşli (haz.)
Şevket Rado'ya Mektuplar
Behçet Necatigil
Ertuğrul Faciası
Bütün Radyo Oyunları
Serin Mavi
Düzyazılar 1-2
Mektuplar
Ahmet Oktay
Gece Defteri
Şairin Kanı / Yazınsal Eleştiriler 1 - 1954/2000
Anlatıların Aynası
Emin Özdemir
Dilin Öte Yakası
Tezer Özlü
Eski Bahçe Eski Sevgi
Yaşamın Ucuna Yolculuk
Çocukluğun Soğuk Geceleri
Kalanlar
Zaman Dışı Yaşam
Mahir Öztaş
Ruh İkizini Arar
Soğuma
Korku Oyunu
Ay Gözetleme Komitesi
Bir Arzuyu Beslemek

Georges Perec
Yaşam Kullanma Kılavuzu
Robert Pinget
Fantoine ile Agapa Arasında
Sorgulama
Mösyö Songe
Jan Potocki
Hafız'ın Yolculuğu
Marcel Proust
Çiçek Açmış Genç Kızların Gölgesinde
Guarmantes Tarafı
Mahpus
Sodom ve Gomorra
Swann'ların Tarafı
Albertine Kayıp
Yakalanan Zaman
Alain Quella-Villeger
Pierre Loti: Gezegen Seyyahı
Oliver Sacks
Karısını Şapka Sanan Adam
Sesleri Görmek
Renkkörleri Adası
J.D. Salinger
Franny ve Zooey
Çavdar Tarlasında Çocuklar
Dokuz Öykü
Yükseltin Tavan Kirişini Ustalar...
Ayşe Sarısayın
Çok Şey Yarım Hâlâ
Bruno Schulz
Tarçın Dükkânları
Isaac Bashevis Singer
Toplu Öyküler
Philippe Sollers
Stüdyo
Luan Starova
Keçiler Dönemi
Babamın Kitapları
Mine Söğüt
Adalet Cimcoz - Bir Yaşamöyküsü Denemesi
Beş Sevim Apartmanı
Cemal Süreya
Şapkam Dolu Çiçekle ve Şiir Üzerine Yazılar
Günler
"Güvercin Curnatası"
Konuşmalar, Soruşturma Yanıtları
Onüç Günün Mektupları
Levent Şentürk
İşaretname ve İntermezzo
Viktor Şklovski
Zoo
Ülkü Tamer
Yaşamak Hatırlamaktır
Alleben Öyküleri
Ahmet Hamdi Tanpınar
Mahur Beste
Beş Şehir
Huzur
Saatleri Ayarlama Enstitüsü
Yahya Kemal
Mücevherlerin Sırrı
Edebiyat Dersleri
Elçin Tapan
Ben Mutlu Bir Down Annesiyim
Devam Eden Hikâyemiz
Ali Teoman
Pervaneler
Uykuda Çocuk Ölümleri
Semih Tezcan
Dede Korkut Oğuznameleri Üzerine Notlar
Meral Ataç Tolluoğlu
Babam Nurullah Ataç
Mahmud Nedim bin Tosun
Aşçıbaşı
Vedat Nedim Tör
Yıllar Böyle Geçti
Ahmet Nedim Servet Tör
Nevhîz'in Günlüğü
İbn Tufeyl-İbn Sina
Hay Bin Yakzan
Bedrettin Tuncel
Seçme Yazılar
Ayfer Tunç
Aziz Bey Hadisesi
Mağara Arkadaşları
Bir Maniniz Yoksa Annemler Size Gelecek

Güven Turan
Yazıyla Yaşamak
Düş Günler
Üçlü
Hesabali Turan
Bir Eğitimcinin Öyküsü
Cahit Uçuk
Bir İmparatorluk Çökerken... Anılar
Erkekler Dünyasında Bir Kadın Yazar - Silsilename I
Faruk Ulay
Amber
Beldeler Kitabı
Kemal Uluer
Başucumda Hayat - Mutlu Bir Ölümün Güncesi
Mîna Urgan
Virginia Woolf
D.H. Lawrence
Bir Dinozorun Anıları
Bir Dinozorun Gezileri
Tomris Uyar
İpek ve Bakır
Güzel Yazı Defteri
Gündökümü I- Bir Uyumsuzun Notları
Gündökümü II- Bir Uyumsuzun Notları
Artun Ünsal
Benim Lokantalarım
Kâmil ile Meryem'e Dair
Fikret Ürgüp
Dosdoğru Günlük
Bern Witte
Walter Benjamin
Hüseyin Cahit Yalçın
Tanıdıklarım
Murat Yalçın
Aşkımumya
Hafif Metro Günleri
Mehmet Yaşın
Soydaşınız Balık Burcu
Kozmopoetika-Yazılar, Söyleşiler, Değiniler (1978-2001)
Stefanos Yerasimos
Sultan Sofraları – 15. ve 16. Yüzyılda Osmanlı Saray Mutfağı
Şiir Erkök Yılmaz
Abdullah'ın Ablası
Enayi Bir Aşk
Tahsin Yücel
Yazın, Gene Yazın
Alıntılar
Tartışmalar
Söylemlerin İçinden
İnsanlık Güldürüsünde Yüzler ve Bildiriler
Yazının Sınırları
Yapısalcılık
Salaklık Üstüne Bir Deneme

Binbir Gece Masalları (8 cilt)

YAPI KREDİ YAYINLARI / **EDEBİYAT**

Sait Faik Abasıyanık
Şimdi Sevişme Vakti ve Diğer Şiirleri
Mim Kaf Agayef
Nüzüllü Şiirler
Nazmi Ağıl (haz.)
John Ashbery - Profil
Gülten Akın
Şiir Üzerine Notlar
Toplu Şiirler I - 1956-1976
Toplu Şiirler II - 1979-1998
Şiiri Düzde Kuşatmak
Uzak Bir Kıyıda
Sabahattin Kudret Aksal
Şiirler 1938-1993
Batık Kent
Hulki Aktunç
Firak (1989-1999)
Sabahattin Ali
Bütün Şiirleri
Alova
Dizeler (2001-1973)
Metin Altıok
Bir Acıya Kiracı - Bütün Şiirler
John Ash
Selected Poems / Seçme Şiirler
The Anatolicon / Anatolikon
Ömer Aygün
Taş Gün
Ece Ayhan
Bütün Yort Savul'lar! / Bütün Şiirler
Suphi Aytimur
İncedir Derincedir
İlhan Şevket Aykut
Kılıç Artığı
Enis Batur
Doğu-Batı Dîvanı
Seyrüsefer Defteri
Râbia Hatun "Tuhaf Bir Kıyâmet"+ Kırkbir Şiir
Papirüs, Mürekkep, Tüy Seçme Şiirler 1973-2002
İlhan Berk
Asılı Eros - Çeviri Şiirler
Kült Kitap
Eşik
Aşk Tahtı
Akşama Doğru
Galata
Pera
Paul Claudel
Japon Yelpazeleri İçin Yüz Tümce
E. E. Cummings
Profil
Cevat Çapan (haz.)
Seferis-Profil
Asaf Hâlet Çelebi
Bütün Şiirleri
Ahmet Muhip Dıranas
Şiirler
Mehmet H. Doğan (haz.)
Yüzyılın Türk Şiiri Antolojisi (3 clit)
Ebubekir Eroğlu
Berzah Toplu Şiirler 68/98
Hüseyin Ferhad
Kılıç İpekte Sınanır (1982-2000)
Füruğ
Sadece Ses Kalıcıdır
Füruzan
Lodoslar Kenti
Louise Glück
Seçme Şiirler
Ahmet Güntan
İlk Kan.
İkili Tekrar.
Talât Sait Halman (haz.)
Eski Mısır'dan Şiirler
Sadık Hidayet
Hayyam'ın Teraneleri
Ted Hughes
Doğumgünü Mektupları
Mustafa Irgat
Ait'siz Kimlik Kitabı

küçük İskender
Periler Ölürken Özür Diler
Ciddiye Alındığım Kara Parçaları
Yirmi5April
Papağana Silah Çekme
Ernst Jandl
Daha İyisi Saksofon
Richard McKane
Coffeehouse Poems / Kahvehane Şiirleri
Sefa Kaplan
Londra Şiirleri
Birhan Keskin
Yeryüzü Halleri
Tuna Kiremitçi
Akademi
Karl Krolow
Dünyanın İşaretleri
Ercümend Behzad Lâv
Bütün Eserleri
Lermontov
Profil
Pierre Louÿs
Bilitis'in Şarkıları
James Lovett
O Istanbul-Ey İstanbul
Lale Müldür
Saatler/Geyikler
Anemon / Toplu Şiirler 1988-1998
Behçet Necatigil
Şiirler 1938-1958
Şiirler 1948-1972
Şiirler 1972-1979
Bile/Yazdı
Şiirler
Ahmet Oktay
Toplu Şiirler (1963-1991)
Hayalete Övgü
Jacques Prévert
Sözler
Mehmed Rauf
Siyah İnciler
Theodore Roethke
Rüzgâr İçin Sözler

Işıl Saatçıoğlu (haz.)
Ungaretti-profil
İtalyan Hermetik Şiiri Antolojisi
Cemal Süreya
Yürek ki Paramparça - Çeviri Şiirler
Sevda Sözleri
Ülkü Tamer
Yanardağın Üstündeki Kuş
Çağdaş Latin Amerika Şiiri Antolojisi
(haz.) / Tagore-Profil
Mehmet Taner
Küflü Şimşek
Veda Vezinleri
Ahmet Hamdi Tanpınar
Şiirler
Oğuz Tansel
Dağı Öpmeler
Tuğrul Tanyol
Toplu Şiirler (1971-1995)
Büyü Bitti
Hakan Toker
Mavikara
Güven Turan
Toplu Şiirler (1963-1993)
101 Bir Dize
Gizli Alanlar
İz Sürmek
Görülen Kentler
Mehmet Mümtaz Tuzcu
Yazöte–Toplu şiirler 1971/1998
Turgut Uyar
Büyük Saat - Bütün Şiirleri
Orhan Veli
Bütün Şiirleri
Eyüp Yaşar
Kimsesizlik İkilisi
Mehmet Yaşın
Adı Kayıplar Listesinde
Levent Yılmaz
Son Ülke
Necmi Zekâ
Yavru Aslan'dan Konu Komşu'ya
(1981-2001)

Michel Serres
Doğayla Sözleşme
A. Celal Şengör
Zümrütnâme
Bülent Tanör
Türkiye'de Kongre İktidarları
Osmanlı-Türk Anayasal Gelişmeleri
Bülent Tanör – Necmi Yüzbaşıoğlu
1982 Anayasasına Göre
Türk Anayasa Hukuku
Alain Touraine
Birlikte Yaşayabilecek miyiz?
Modernliğin Eleştirisi
Demokrasi Nedir?
Frederic de Towarnicki
Martin Heidegger Anılar ve Günlükler
Aydın Uğur
Kültür Kıtası Atlası -
Kültür, İletişim, Demokrasi
Nermi Uygur
Denemeli Denemesiz
Tadı Damağımda
Felsefenin Çağrısı
Kuram-Eylem Bağlamı
Kültür Kuramı
Başka-Sevgisi
Salkımlar
Dilin Gücü
Güneşle
Bunalımdan Yaşama Kültürü
Çağdaş Ortamda Teknik
Yaşama Felsefesi
Edmund Husserl'de Başkasının
Ben'i Sorunu
İçi Dışıyla Batının Kültür Dünyası
İnsan Açısından Edebiyat
Dipten Gelen
İçimin Sesi
Türk Felsefesinin Boyutlar
Hilmi Ziya Ülken
Aşk Ahlakı
Artun Ünsal
Kan Davası
Tahsin Yücel
Anlatı Yerlemleri
Ludwig Wittgenstein
Tractatus

Sartre Sartre'ı Anlatıyor
Profesör Heidegger, 1933'te Neler Oldu?
Pera Peras Poros
İnsan Hakları
11 Eylül/Bir Saldırının Yankıları
Binyıl İçin Tahminler -
Salı Toplantıları 1998-1999
İnsanın Halleri -
Salı Toplantıları 1998-1999
Sorun Soruda-
Salı Toplantıları 1999-2000
Beyoğlu'nda Beyoğlu'nu Konuşmak-
Salı Toplantıları 2000-2001